秘書の報われぬ夢

キム・ローレンス 作

茅野久枝 訳

ハーレクイン・ロマンス

東京・ロンドン・トロント・パリ・ニューヨーク・アムステルダム
ハンブルク・ストックホルム・ミラノ・シドニー・マドリッド・ワルシャワ
ブダペスト・リオデジャネイロ・ルクセンブルク・フリブール・ムンバイ

ONE NIGHT TO WEDDING VOWS

by Kim Lawrence

Published by Harlequin Japan, a Division of K.K. HarperCollins Japan, 2025

キム・ローレンス
イギリスの作家。ウェールズ北西部のアングルシー島の農場に住む。毎日 3 キロほどのジョギングでリフレッシュし、執筆のインスピレーションを得ている。夫と元気な男の子が 2 人。それに、いつのまにか居ついたさまざまな動物たちもいる。もともと小説を読むのは好きだが、今は書くことに熱中している。

主要登場人物

ラーラ・グレイ……………………………個人秘書。
エリザベス…………………………………ラーラの母。
リリー………………………………………ラーラの双子の姉。
マーク・ランドール………………………ラーラの上司。
ラウル・ディ・ヴィットーリオ…………法律事務所経営者。
セルジオ・ディ・ヴィットーリオ………ラウルの祖父。
ルーシー……………………………………ラウルの妻。故人。
ジェイミー…………………………………ラウルの兄。故人。

1

セルジオ・ディ・ヴィットーリオがカジノに姿を現すと、室内のざわめきが小さくなった。一同の視線が彼に集まり、何かを期待するような空気が満ちる。

老貴族はスーツ姿の長身の男性二人を従えていた。二人のうち体格のよいほうがドア口にとどまり、もう一人が主人のあとを追う。老人は威厳に満ちた足取りで部屋の奥へと進んでいった。

ラウルは大理石の柱にもたれ、祖父の登場を見守った。その一方、ルーレットのテーブルにも意識を向けていた。とりわけ、熱に浮かされたような目つきで賭け続けている見知らぬ中年男性に。

ラウル自身の目が暗く輝いているのは、ルーレットよりも手にしたブランデーのせいだった。人にはそれぞれ好みの薬物があるものだ、と彼はけだるく考えた。

近づく祖父の姿を目にし、反射的に背筋を伸ばす。自らの反応に気づくと、彼は口元に自嘲ぎみの笑みを浮かべた。古い癖はなかなか抜けるものではない。

多岐にわたる事業を営む一族の頂点に立つ

祖父は、何事にも強い信念を持っている。例えば、ギャンブルには決して手を出さない、というのもその一つだ。彼の一人息子、つまりラウルとジェイミーの父親がギャンブルで莫大《ばくだい》な借金をつくり、自分の脳天を銃で撃ち抜いて死んだことを考えれば、さして意外なことではない。

セルジオは息子の借金を肩代わりすることもできた。セルジオにとってはたいしたことのない額だった。しかし、彼は息子に救いの手を差し伸べなかった。

彼はそれを後悔しただろうか？

そんなことはない、とラウルは思っている。祖父が己の決断に疑問を持つことなど決してないのだから。

ラウルの怒りは父親に向けられた。息子二人を置き去りにして安易な死を選んだ男に。父のせいでさびしい少年時代を過ごすことになった。それでも、ラウルにはジェイミーという兄がいた。いつもそばで支えてくれた。

記憶がよみがえり、ラウルはポケットに入れた手を握りしめた。祖父から父の死を聞かされたとき、この手に重ねられていた兄の手がこわばったのを覚えている。あの瞬間の記憶はいまも脳裏から離れない。

あたかもスローモーションの映像のごとく、兄の頬をひとしずくの涙が伝い落ちていった。壁の柱時計が規則正しく時を刻んでいた。祖父は低い声で先を続け、これからは一緒に暮らすことになる、と告げた。ラウルは祖父の手前、大声で泣きじゃくりたいのを必死にこらえていた。

ラウルは意識を現在に引き戻し、手にしているグラスを口元にそっと運んだ。

僕は泣く能力を失ったのかもしれない。感情を失ってしまったのかもしれない。涙を流しても兄は戻らない。ジェイミーは逝ってしまった。

絶望感はいくらブランデーを飲んでもやわらがず、波のように繰り返し襲ってくる。ラウルは目を伏せ、悲しみを忘れようとした。

「父親のまねをすることにしたのか?」セルジオが問いかけ、回転しているルーレットのほうに顎をしゃくってみせた。

ラウルはさっと顔を上げた。「それもいいかもしれません」

「おまえに関しては」そっけなく肩をすくめて言う。「好んで危険を求める〝アドレナリン・ジャンキー〟のほうが心配だ、とジェイミーが……おまえの兄が言っていた」長男の名を口にしながら、セルジオは何度も唾をのみこんだ。

「なるほど」ラウルはわざとちゃかすように応じた。「ルーレットならぬ車の車輪に潰されて死にかねない、と」一瞬、兄の声が脳裏に響き、振り返れば見慣れた笑顔がそこにあるのでは、と思われた。

〝おまえはアドレナリン・ジャンキーだよ、ラウル。それで身を滅ぼしかねない〟

皮肉な話だ。若くして死んだのはジェイミーのほうで、理由はスピードの出しすぎでカーブを曲がり損ねたからではなく、この世の中が不公平であるせいだった。

胸の内で怒りが渦を巻き、ラウルはブランデーをぐいとあおった。まともな声を出せるようになるまでには少し時間が必要だった。

「まさかこのような場所であなたの姿を見るとは。どうやら、店に入る方法は知っていたようですね」

八十代とはいえ、セルジオ・ディ・ヴィットーリオは矍鑠《かくしやく》としている。その装いは上から下まで黒ずくめで、銀髪の交じる豊かな髪は襟まで届き、頭上のシャンデリアの光を受けて輝いている。

感情を押し殺していなければ、祖父がここにいる理由を知りたいと思っただろう。だが、ラウルは何も感じまいとしていた。ただブランデーを飲むだけ。何も考えない。

こうして自分に嘘《うそ》をつくのは、彼が得意とすることの一つかもしれなかった。

「埋葬のあと、すぐに姿を消したな。みなが心配していたぞ」

ラウルは背中を少し丸めた。セルジオは身長百八十センチで胸板が厚く肩幅も広いが、ラウルは十五歳のときから祖父より十センチは背が高かった。なぜだか、祖父を見下ろすのは不敬だという感覚がいまだにある。

ラウルは再び柱にもたれ、グラスを口に運んだ。葬儀ほど死を身近に感じる場所はほかにない。自分も愛する者もいつか死ぬ、という事実を意識させられる。彼の愛する者はもうほとんど残っていない。

そんな暗い考えを脇に押しやり、ラウルはまたブランデーを飲んだ。酒が喉を通って胃におさまるのを熱とともに感じるが、全身に広がる寒気をやわらげてはくれなかった。室温とはまったく関係のない寒気だ。

「話がある」セルジオが低い声で続けた。

ラウルは他人に指図されるのが大嫌いだった。しかし、相手が祖父では話を聞かないわけにもいかない。いらだちを隠し、ルーレットに興じる中年男性の発した大声に気を取られたふりをした。その声が歓声なのか悲鳴なのかはわからなかった。

「ラウル!」

ラウルは心の中でかぶりを振り、祖父に視線を戻した。「話なら、いましているじゃないですか」

「人目のないところでだ」威厳たっぷりに頭を振ってついてこいと示し、歩きだす。

ラウルは肩を軽くすくめ、祖父のあとを追った。セルジオは孫息子を個室に迎え入れてドアを閉じると、前置きなしに告げた。
「おまえの兄は死んだ」
ラウルは苦々しい返事をたくさん思いつい
たが、口を閉じていた。キッチンで倒れ、息
絶えていた兄。その映像はいまも鮮明だった。
原因は動脈瘤《どうみゃくりゅう》だと検死で判明した。兄は何
年ものあいだ胸に時限爆弾を抱えていたよう
なもので、本人さえそれを知らなかった。
「それでも人生は続く、とでも？」
ラウルは動脈瘤について調べ、それが珍し
いものではないことを知った。いまでは通り
を行き交う人を見るたび、次は誰だろうとい
う考えが頭に浮かぶ。
「そうとも限らん。私は死ぬ」
ラウルはカーテンに覆われた窓に歩み寄り、
振り返った。手で耳を覆ってしまいたいとい
う子供じみた欲求を覚えていた。肩をすくめ、
革張りのソファに腰を下ろす。
「みな、いずれは死にます」
それとも、死ぬのは僕の愛する者だけだろ
うか？　ラウルは目を閉じ、静かに数えた。
ほとんど覚えていない母親、父親、兄、妻
……いや、妻のルーシーを数に入れるのは間
違っている。僕は彼女を愛さなかった。むし
ろ憎んでいた。
それにしても、身近な者たちが次々に死ん
でいく。脳裏に蔑むような声が響いた。
〝自分を哀れむのはやめたらどうだ？〟

「癌《がん》だ」セルジオは無表情に告げた。「手術はできないそうだ。もって半年と言われた。やぶ医者の言うことなど信じないがな」

ラウルは全身の筋肉をこわばらせて立ちあがった。「そんな、ありえない」

漆黒に銀色の斑点のある、よく似た二人の目が合った。一瞬見つめ合ったのち、ラウルは息をのんだ。

「残念です」

ラウルが奥歯を噛《か》みしめて言うと、セルジオは片手を振ってその言葉を退けた。「私は続いていくことが重要だと思っている。言いたいことはわかるな。おまえの兄には跡取りを望めなかった」

ラウルは黙っていた。ジェイミーの性的志向について、祖父が口にできるのはこれが精いっぱいのところだ。兄の長年のパートナーであったロベルトのことを、祖父は〝息子の友人〟としか呼ぼうとしない。

「兄は死んだばかりです。その話はもう少しあとにできませんか？」ジェイミーの遺体は、発見されたときすでに大理石のように冷たかった……ラウルは咳払《せきばら》いをした。

「あいにくと、私にはもうほとんど時間が残されていないのだ。ルーシーの死後には多少の猶予を与えたが……おまえには前に進んでもらわねばならん」

ラウルは目を伏せた。口元がこわばってい

た。「もう前に進んでいます」

セルジオは不快そうな声をもらし、孫息子から顔をそむけた。「女遊びにうつつを抜かしている場合ではないぞ」

ラウルの酔いはすっかり覚めていた。「診断に間違いはないんでしょうか？」

「ない」

「残念です」同じ言葉を繰り返す。

どんな反応もこの場には不適切だ、とラウルは思った。祖父は孫たちが感情を表に出すことを好まず、ラウルは成長するにつれ、感情の排除が己の強みになることを学んだ。

〝ロボットみたいね〟とルーシーには言われたものだ。

祖父は小さくうなずいた。「すべてがおまえにかかっている。望もうと望むまいと、おまえは大きな力を持つことになる」

一族の最後の生き残り、というわけだ。

〝望もうと望むまいと〟か……。僕はこれっぽっちも望んでいないのに！

「力には責任がついてくる」セルジオが警告するように続けた。

ラウルはすでに力を持っている。ジェイミーは祖父のもとで働く道を選んだが、ラウルはハーバード大学を卒業後、祖父の会社の共同経営者となることを拒んだ。きっと後悔するという周囲の声を無視し、ニューヨークの法律事務所に入った。

いまでは批判の声があがることもない。ほんの数年で、彼は自分の事務所を設立した。顧客リストには世界中の大企業や著名人の名前がある。

申し分のない人生だったが、退屈だった。ある時点で、彼は弁護士を辞め、経営者になった。飽き足りない気持ちを打ち明けられる相手は兄のジェイミーだけだった。

「財産は言うまでもないが、おまえには名前も引き継いでもらわなければならない」

ラウルはすかさず応じた。「余命の短い老人を喜ばせろ、ということですか？」

「そうだ」

「倫理的恐喝ですね」ラウルは怒ってはいなかった。祖父の理屈は理解できる。

「曽孫《ひまご》の顔を見ることはできまい」

セルジオは目を伏せたが、その直前、ラウルは老人の目に涙が光るのを見たような気がした。しかし、その目が再びラウルに向けられたとき、そこに見て取れたのはいつもの揺るぎない決意だけだった。ラウルは伸ばしかけた手を引っこめ、ため息をついた。

「だが、おまえの結婚を見届けるだけの時間はある。おまえの子を産むはずの女性との結婚をな。ルーシーと過ごした日々は戻らない。そろそろ現実を受け入れろ」

ラウルの脳裏に美しいルーシーの完璧な笑顔が浮かんだ。あの日々は戻らない？　ルーシーは己の欲望ゆえに夫を恫喝《どうかつ》し続けた。あの妻と過ごした地獄のような日々に戻りたいと望むなど、ばかげている。

ルーシーとの結婚後、ラウルが女嫌いになったわけではなかった。彼は女性が好きだ。女性はすばらしい！　問題は彼自身にある。女性に関する自らの判断を信じられなくなったのだ。これは致命的な問題だった。

気軽に女性を抱き、基本的な欲求を満たす。ラウルはそれで充分だった。何かが足りないと思うことがあっても、それ以上を求めようとは思わなかった。

「誰か候補者がいるんですか？」

「それはおまえが選ぶものだろう」

「寛大なんですね」

「冗談を言っているのではないぞ。家名というものは冗談事ではない。遺産の相続人が遊び好きな孫だけ、というのでは困る」

ラウルは口から出かかった辛辣な返事をのみこんだ。「どうしろと言うんですか。候補者をつのって面接でもしますか。それとも、心のままに選びましょうか？」

ラウルの口調は皮肉たっぷりだったが、セルジオは気にする様子もなく、考えこむような表情で応じた。「それも悪くないかもしれんな」

「僕の心が命じるままに選べというんですか？　それとも募集しますか？」

老人は孫息子を見つめた。「文字にすることで、自分の考えが整理できることもある。おまえの妻となる女性にはそれなりの質が求められる……」

不意に言葉が途切れてうめき声に変わり、セルジオが支えを求めて手を伸ばした。あまりの唐突さに、ラウルは一瞬棒立ちになっていた。セルジオの体がぐらりと傾く。ラウルはあわてて駆け寄り、祖父が倒れる前に抱きとめた。

老人の背中を支えつつ、近くの椅子に座らせる。スーツ越しに感じた体は意外なほど華奢《きやしや》だった。ラウルは初めて現実を意識した。

これまで絶対的な存在だった祖父が、まもなく死を迎えようとしている。

母親は伝染病に倒れ、父親は自らの頭を撃ち抜き、兄は動脈瘤で亡くなった。一人の人間には手に余るほどの死と喪失……怒りと無力感がラウルの胸の中で渦巻いた。

本当に最後の一人になってしまう。ラウルは祖父を見下ろし、この誇り高い老人への愛情に圧倒された。

祖父の死を止めることはできないが、安心して逝かせることはできる。とはいえ、祖父の頼みを聞いて結婚するくらいなら、右手を切り落とすほうが簡単そうだ。ルーシーとの結婚で、自分には女性を見る目がないと思い知らされた。一人の女性に己の未来を託し、自由を手放すなど、正気の沙汰ではない。

「救急車を呼びましょう」

「いや、もう落ち着いた。よりによって今日騒ぎを起こしたら、ジェイミーに文句を言われる」孫息子の手に重ねられた手はまだ震えているが、声はしっかりしていた。

「兄さんはあなたを愛していました」

「ジェイミーは人生を愛していた」

ラウルはうなずき、セルジオの頬を濡《ぬ》らす涙に気づかないふりをした。「再婚については、自分でも考えていました」

祖父の青ざめた顔に浮かんだ表情を見て、ラウルは嘘をついてよかったと思った。

「おまえだって家庭が欲しいだろう？　それが自然な気持ちだ」

僕が自然な気持ちを持っていたとしても、そんなものはルーシーとの短い結婚生活のあいだに消えうせた。結婚して一年ほどたったころ、妻は結婚直後に中絶していたことを明かした。〝ごめんだわ、あなたの子供を産むために太った醜い体になるなんて〞と叫ぶように言い放って。

その声とゆがんだ顔は記憶に刻みつけられ、決して頭から離れなかった。一時的にでも忘れられるのはベッドで魅力的な女性を抱いているときだけだった。

「本当に、救急車を呼ばなくて大丈夫なんですか？」

「カーロが処置のしかたを知っている」セルジオはかぶりを振り、暗い目で見返した。鼻の下に浮いた汗を手でぬぐいながら続ける。「それより……おまえのなすべきことはわかっているだろう」

ラウルは祖父の顔をのぞきこんだ。愛情の示し方は不器用でも、常に力になってくれた祖父。不意に強い感情がこみあげ、喉がつまりそうになる。祖父への恩返しのためなら、小さな嘘をついてもいいだろう。本当は、恋に落ちることも結婚することも考えられないが……。

「おまえのやり方でやればいい。誰か相手はいないのか?」


ラウルは低い笑い声をもらし、眉を持ちあげてみせた。「そんな相手がいたら、とっくに紹介していますよ」

「私の助言など欲しくもないだろうが、外見だけで選んでも、あとで後悔するだけだぞ。むろん、おまえが魅力のない女性を選ぶとは思えんがな……」

こういう会話は兄とするはずだった。しかし、それはもう望めない。

「実際的であるというのは悪いことではない。結婚は一種の契約と考えるべきだ」

セルジオの口調は力強かったが、顔色はまだ悪かった。

「そのとおりだと思います」

ラウルは祖父の目に疑わしげな光がまたたくのに気づいた。どうやら、安易に賛同しすぎたらしい。

「カーロを呼びましょうか?」ラウルは返事を待たずにドアを開け、外で待っていたボディガードに声をかけた。

セルジオが孫への忠告を再開する前に、カーロの合図を待っていたらしい女性が現れ、紅茶をのせたトレイを運んできた。女性はトレイを置くとすぐに立ち去り、カーロが紅茶をカップについだ。ボディガードはセルジオに薬の包みらしきものを手渡すと、一礼して部屋を出ていった。

「口数の少ない男ですね」

紅茶を飲むと、セルジオはかなり落ち着いた様子になった。「無口なおまえがそんなことを言うとはな。いつだってジェイミーのほうがよくしゃべって……」

セルジオはジェイミーの思い出話をすることで救われているらしい。しばらくすると、老人は自力で椅子から立ちあがった。

部屋を出る際、セルジオはまったく別の件でラウルの意見を求めた。

「大学病院にジェイミーの名前で寄付をしたいと考えているんだが、ジェイミーなら賛成しただろうか?」

「きっと喜んだと思いますが、それについてはロベルトに相談したらいかがです?」ジェイミーのパートナーだったロベルトは、大学病院の神経科に勤める医師だ。

セルジオは一瞬考えこんでからうなずいた。

「葬儀のとき、彼はなかなかよい話をしてくれた。ぜひ意見を聞こう。さて、車まで一緒に来てくれ」

祖父の口調にいつもの横柄さが戻ってきたことに安堵《あんど》しつつ、ラウルは一緒に部屋を出た。華やかな光があふれるカジノを通り抜け、エアコンのきいた建物を出る。

屋外の暑さに、セルジオの肌がたちまち汗に濡れ始めた。それでも、彼は孫息子の手を借りることを拒み、待機していたリムジンまで一人で歩いていった。

「明日、電話をしましょうか？」

背後からの声にセルジオは振り向き、かぶりを振った。「来週でいい。そんなにすぐには死なないからな」

走り去っていくリムジンを見送りながら、ラウルは考えた。死にゆく人間に嘘をつくのは正しいことなのだろうか、と。今後、祖父のために、さらにいくつの嘘をつくことになるのだろう。

もどかしそうに指を鳴らしてから、ラウルは歩き始めた。祖父の機嫌を取るのは何も悪いことではない。祖父がこの世を去る日まで……いや、今日のところは新たな死について考えたくはない。

「まったく《ディオ》！」ラウルはつぶやき、思い出を消し去ろうとした。生まれていたかもしれない子供や、築いていたかもしれない家庭について考えてもしかたがない。

ラウルは胸の奥に巣くうむなしさを意識した。自分から望んだわけではないが、彼はまもなくヴィットーリオ家の最後の一人となるだろう。それは祖父にとって重い意味のある事実だった。

2

「いいわ。このあと最初に会った男の人と寝てやるから！」

やけを起こした十代の小娘みたいなせりふを吐きながらでは、威厳を保つのは難しい。その捨てぜりふを聞いてマークが笑ったので、ラーラはいっそう怒りをつのらせ、力任せにドアを閉じた。

そんなラーラが最初に会った男性は、マークとのロマンティックな週末を過ごすはずだったホテルの経営者で、頭のはげた中年男だった。経営者はすれ違いざまに足を止め、涙で頬を濡《ぬ》らしながら外へ飛びだしていったラーラの背中を心配そうに見送った。

この小さなホテルは主要な観光地から徒歩圏内という触れこみだったが、明らかに誇大広告だった。もっとも、観光などする気のないラーラにはどうでもよいことだが。

それにしても、どうしてこんなに愚かなまねをしたのかしら？

マークは特別だと思っていたのに……。もしかしたら、私は一生独身の運命なのかもしれない。

〝自己憐憫《じこれんびん》なんて格好悪いわよ〟

頭の中で声がしたものの、ラーラはそれを無視し、わざと音をたてて鼻をすすった。

こんな事態はリリーには起こらない。もしも、男性がラーラの双子の姉であるリリーを週末のホテルに連れこんだとしたら、その男性はリリーが未経験だと知っても、だまされたと言って怒りだしはしないだろう。

ところで、リリーは経験があるのかしら。

ラーラはふと真顔になり、その可能性について考えた。リリーとはあまりその手の話をしない。十六歳のとき、リリーはとある男性に好意を寄せていた。その彼がラーラをクリスマスパーティに誘って以来、二人は男性がらみの話をしなくなった。もう何年も前のことで、いまとなっては笑い話だが、当時は大問題だった。

あの男性の名前はなんといったっけ？

もしリリーに男性経験があるなら、経験豊富だと思われているラーラのほうが実は未経験だというのは、まったく皮肉な事実だった。そう、とかく他人は勝手な見方をするものだ。だから、どう誤解されようがいちいち気にする必要はない。もうずいぶん前に、ラーラはそう心に決めた。

賢明なリリーと奔放なラーラ――なぜだか、人々はこの組み合わせが大好きだった。

〝ラーラは遊び好きで、誰とでも寝る〟

いまとなっては、本当にそうしていればよかったという心境だった。再び涙がこみあげ、ラーラは唇を噛《か》んだ。

「男なんて大嫌い。特にマーク・ランドールは！」

大声で叫んだことで少しは気が晴れたものの、すぐに気持ちはしぼんだ。すべて自分が悪いのだ。そもそも、私はマークのどこに魅力を感じていたのだろう？

ラーラは眉根を寄せて考えた。マークは職場の上司で、経営者の甥《おい》でもある。彼はラーラの仕事ぶりを認め、君には潜在能力がある、と言ってくれた。ラーラのほうも残業を厭《いと》わず、〝他人の仕事まで買って出た〟。マークはほかの男性と違い、彼女に色目を使ってきたりもしなかった……そう、それがヒントだったのかも。

　マークの角縁眼鏡の奥にある目には優しさが宿っている、とラーラは思いこんでいた。彼と一緒にいると安心していられた。安全で安心できる――それが彼女の求める愛の形だった。友人たちは心奪われる情熱的な恋を願ったが、ラーラは安全と安心を望んだ。

　ラーラにとって、上司のマークは理想的な相手に見えた。性的関心の対象ではなく、対等な人間として扱われたのは初めてだった。そのことがとてもうれしかった。

　彼は職場では仕事に徹するつもりで、誘いをかけてこないに違いない。それは正しい態度だが、ラーラは歯がゆくもあった。

　そんなとき、突然の誘いを受けたのだ。週末をローマで過ごそう、と。待ち望んでいた〝真の相手〟との交際がついに始まる――そう思った。

　ラーラは真実の愛があると信じ、〝真の相手〟が現れるのを待っていたが、待つあいだ退屈しているのはいやだった。彼女は社交的な性格で、頻繁に出歩き、男性からも人気があった。そうした生活態度から、気軽に男性との関係を楽しむ女性、と多くの人に思われているのはわかっていた。実際はそうではなかったけれど。

　問題はマークに打ち明けるかどうかだった。

迷ったあげく、ラーラは決心した。どんな関係も、秘密から始めるべきではない。

ローマでの最初の晩、ラーラは時間をかけて選んだシルクの下着に身を包み、マークに声をかけた。彼がスマートフォンの画面をスクロールしているときだった。

名を呼ばれ、マークは顔を上げた。そこにラーラが立っていることに初めて気づいた、という顔つきだった。

スマートフォンがライバルだなんて！

「実はね、マーク。私はあまり好きじゃないのよ、一夜限りの関係というのが」

マークがなかなか飛びかかってこないのは、それだけ真摯な人だという証拠だわ。私の外見ではなく中身を見てくれているのよ。ラーラはそう考え、スマートフォンを奪い取って窓から投げ捨てたい衝動を抑えた。

「ああ。君にとやかく言うつもりはないよ。それに、今回は一夜限りじゃない。僕たちはここで週末を過ごすんだから」

「あのね、私はいままで一度も、一夜限りの関係を持ったことはないの」

マークはスマートフォンを置いた。「恋人がいるのか？」

「もしいたら、あなたとここに来ていると思う？」

「どうかな」角縁眼鏡を鼻の上に押しあげる。

「もしいるとしたら、そいつを怒らせたくはないね。何をしている男だい？」

「そんな男はいないわ。恋人はいないの」

「一度だけ週末を一緒に過ごすからって、大げさに考える必要はない」

「あなたは私の初体験の相手なのよ」

マークは一笑に付したものの、にこりともしないラーラを見てすぐさま真顔になった。

「まさか」

「本当よ」

「だけど、君は……」

「簡単に寝る女だって言われている？」顔を毅然《きぜん》と上げてプライドを保とうとしながらも、心の中は恥辱と困惑に震えていた。

「いや。ただ、君は積極的に誘ってきたし、マーケティング課のベンだって……」

「マーケティング課のベンがなんて？」

マークはようやく事態をのみこみ、不機嫌な顔になった。「未経験の女性は勘弁してほしい。そんな責任は取れない。ちょっと楽しむだけのつもりだったんだ。キャロルの都合が悪くなったのに、旅費の払い戻しができなかったから」

「キャロルって？」

「君の知らない女性だよ。働く必要がないほどの金持ちで……まだ正式に婚約したわけじゃないが……」

「じゃあ、恋人が来られなくなったから、誰とでも簡単に寝ると評判の女を誘った、というわけなのね」

「だって、誰も君が未経験だとは思わないだろう！」

「それは申し訳なかったわね。私がいまからちょっと外出して勇ましい経験をしてきたら、事情は変わるのかしら？」

「そうだなあ……」

信じられない！　彼は本気でその可能性を考えている！　歯ぎしりしたいのをこらえ、ラーラは冷たく言い放った。「たとえ重役にしてやると言われても、あなたとは寝ないわ」愚かな女性コンテストがあったら、きっと私は圧勝よ――そんな陰鬱な思いを胸に、憎まれ口をたたき続ける。「この程度の部屋をそのキャロルとやらが気に入ったかどうか、怪しいものね！」

マークはけちな詐欺師だ。まったく、私の男を見る目ときたら！

赤いワンピースを着て部屋を飛びだしたときの様子を思い返し、ラーラは自らの捨てぜりふに顔をしかめた。と同時に、いま自分がどこにいるのか、まったくわからないことに気づいた。そのうえ、財布も携帯電話も、何も持ってきていない。

ラーラは立ち止まり、周囲を見まわした。このまま自分を哀れみながら、当てもなく歩誰かが、さっきの角を曲がってきてくれたらいいのに。

「痛い！」

ハイヒールの踵《かかと》が折れてしまった。転ばずにすんだものの、倒れまいと踏ん張った姿は優雅とは言いがたく、足首にはひどい痛みが走った。背後から笑い声が聞こえ、ラーラはかっとなった。

踵の折れた靴を脱いで手に持ち、若者たちのほうに振り返る。一瞬前まで感じていた恐怖は吹き飛んでいた。胸にためこまれていた屈辱と怒りが、いっきに目の前にいる彼らに向けられた。

ラーラはその集団しか見ていなかったので、きまわろうか。それとも、誰かを見つけてホテルへ戻る道をきこうか。ところが、そうしたくても通りには人っ子一人いない。

そのとき、若い男性のグループが現れた。五、六人なのに、二十人もいそうな騒がしさだ。口々に冗談を言い、互いを小突き合ったりしている。

彼らに近づくのはまずい。酒に酔った、血気盛んな若者たち……あまりよい成り行きは期待できない。

きびすを返し、ハイヒールでよろめくように歩いたが、たちまち若者たちに気づかれた。背中に投げかけられた冷やかすような声や口笛を無視し、ラーラは歩き続けた。警察官か一人の男性が角を曲がってきたことには気づかなかった。

彼女は赤い髪をふわりと揺らし、蔑むように若者たちを見た。怒りが胸の中に渦巻き、自己嫌悪と混じり合う。こんな連中から逃げようとしていたなんて。憧れの男性が最低のろくでなしだとわかったとき、泣きながら逃げだすなんて最悪だわ。相手に立ち向かっていくのが私のやり方でしょう。

ラーラは若者たちに近づいた。いまや彼らの誰も笑ってはいない。あっけにとられているのか、彼女の美しさに驚いているのか。

あとから現れた男性は彼女に見とれていた。

なんてことだ――そう感嘆せずにはいられず、ラウルは思わず息をのんだ。彼女は美しい！　ハイヒールを片方しか履いていなくても、なぜだかその姿は優美に見える。体の線がよくわかる赤いワンピースを身につけ、天から降りてきた戦好きの女神ヴァルキューレさながら、鋭い目つきで若者たちをにらみ据えている。
女性の横顔も美しかった。赤い髪、細い顎、高くせりだした額、なだらかな頬、まっすぐな鼻。残念ながら、明かりが不充分なせいで、整った長いまつげに隠された瞳の濡れた輝きや、唇の魅惑的なふくらみなど、すべてを見て取ることはできなかったが。

ラウルは衝撃を受け、何も考えられなくなってしまった。肉体の反応も正直だった。

「楽しい夜の外出ってわけ？」女性が英語で言った。彼女の言葉を理解できていないらしい若者たちのまわりをゆっくりと歩く。

若者たちの一人が笑うと、女性はそのリーダー格らしい男に顔を向け、さっと指を突きつけた。

「お仲間がいるから強がっていられるんでしょう。一人になったらどうかしら？　負け犬ども、恥を知りなさい！」

激しい口調に気圧《けお》され、若者たちは後ずさった。そのうちの一人が手を上げて言う。

「すみません、きれいなお嬢さん」

ラウルも〝きれいなお嬢さん〟という表現には賛成だったが、どうせならそこに〝威勢のよい〟とつけ加えたいところだった。この、勇敢でいささか頭のおかしい女性は何者だろう？　彼女が腰をかがめて足首をさすったので、ワンピースが引っ張られ、ヒップの丸みが際立った。

それが引き金になったのか、落ち着きかけていたその場の空気が急に変化した。仲間の前でいいところを見せたいとでも思ったらしく、若者の一人が前に踏みだした。ほかの者たちに蔑むような言葉を浴びせてから、赤毛の女性に近づいていく。

ラウルは成り行きを見守った。女性は若者

の口にした汚い言葉を理解していないようだが、態度を見れば通訳は不要に違いない。

　そろそろいいだろう。ほかの若者までが同調する様子を見て取り、ラウルは拳を握って彼らに近づいていった。思わず笑みがこぼれる。胸の内に渦巻く怒りをぶつけるのに、格好の相手ができた。

　ラーラは不意に怖くなった。怒りに任せて向こう見ずな行動に出たものの、もう威嚇は通用しそうにない。逃げだしたいが、足が動かなかった。

　怖くてすくみあがっているのに、頭の中はめまぐるしく回転していた。本能の命じるまま、そろそろと街灯のほうへ動く。少しでも明るいほうがいい。怖がっているそぶりを見せてはいけない。助けを求めようにも、携帯電話はホテルに置いてきてしまった。

　若者たちがゆっくりと近づき、ラーラは取り囲まれた。もっと早く逃げだすべきだったが、もう遅い。相手が一人なら、うまく理由をつけて逃げられたかもしれないけれど、数人となると……。

「こんなところで何をしている」いらだったような男性の低い声が割って入った。「カジノの前にいろと言っただろう！」

　若者たちがぎょっとした顔で振り返る。

　ラウルが眉を皮肉っぽく上げ、見下すよう

な視線を向けると、若者たちはひるんだ。この状況で事を荒立てるほど無分別な連中ではないらしい。多少残念ではあるが、無理に手を汚す必要もない、とラウルは思った。

彼は魅惑的な赤毛の女性を見た。二人の目が合ったとき、女性は彼の意図を理解したという表情になった。すぐさまかぶりを振って応じる。「カジノ？　さあね。たしか、もっとあとで行くと言っていたでしょう」

女性の笑顔はすばらしかった。

ラウルはかねてから愛鳥家の行動に疑問を持っていた。珍しい鳥を見るために何時間も不快な場所で待つなど、ばかげている。ところが、この女性の笑顔をもう一度見るためならいくら待ってもかまわない――いまはそう思えた。笑みが大きくなると頬にえくぼができるのだから、なおさらだ。

「それに、私が遅いんじゃないわ。あなたが早すぎたのよ」

ラウルが見守るなか、女性はもう一方の靴を脱ぎ、男の気をそそるヒップの線を見せつけて、おもむろに彼のほうへ近づいてきた。

私ったら、いったい何を考えているの？

ラーラは自分でも驚いていた。この浮き立つような気持ちはなんなのだろう？

ラーラは彼女の守護天使を買って出た男性に目を向けた。彼には天使を思わせるところは何もないけれど、天界から追放された堕天使のような、強烈な魅力を発している。数メートル離れていても感じられるほどに。

ラーラは背筋に震えが走るのを感じた。彼はごく自然に男性としての魅力を発散している。過去に出会ったうちで最高にすてきな風貌だとは言えないが、そのしなやかな体には彼女を引きつけるものがあった。

彼は長身で肩幅が広く、運動選手さながらにたくましい。いかにも高価そうな黒いスーツに、同色のネクタイを締め、シャツの襟は開けている。開いた胸元には顔と同じく金色に輝く肌がのぞき、がっしりとした顎には無精ひげが伸びかけていた。

眉はひげと同じ漆黒で、まっすぐで濃く、片方だけが皮肉っぽく傾いている。その下には濃いまつげに縁取られた瞳があった。高くせりだした頬骨や額、鷲《わし》のような鼻と力強い顎の線が巧みに組み合わされ、不思議なほど魅力的な顔立ちになっていた。

ただ一つ、男性的な雰囲気をやわらげているのは、ふっくらと厚みのある下唇だった。だが、その柔らかさを否定するように引きしめられた上唇には、どこか無慈悲な気配が漂っていた。

救世主であるはずのその男性は顔を伏せて表情を隠していたが、ラーラがはだしで近づいたとき、片方の眉をさらに上げた。

ラーラは笑いがこみあげるのを感じた。

その時点まで、ラウルは冷静な態度を崩すまいと努力していたが、女性の誘惑するような笑い声を耳にしたとたん、心が揺れるのを感じた。燃えるような赤い髪に触れずにいるのが精いっぱいだった。

「事情を話せば長くなるの」ラーラは低い声で言い、男性の腕に手を置いて体を支えた。スーツの生地越しに鍛えられた肉体が感じられ、思わず背筋を震わせる。「お礼を言うのは早いかしら。彼ら、まだいる？」

「二人ほどな」

彼は私をずっと見つめているのに、どうしてわかるのかしら。しかし、ラーラはその疑問を口にできなかった。震えが全身に広がり、喉がつまって口がきけない。

二人は恋人同士のごとく寄り添っていた。彼女の髪の匂いがラウルの鼻孔をくすぐる。彼女を抱き寄せたいという衝動を、ラウルは必死に抑えた。

「助けてくれたのね」

「役に立ててよかった」ラウルは言い、彼女の髪の匂いを吸いこんだ。

「無謀だったわ」口を曲げ、顔をしかめる。

ラウルは眉間にしわを寄せている彼女の顔を見た。生き生きとしたその顔をよぎる表情は実に魅力的だ。

「つい、かっとなっちゃって。今日は……いろいろあったものだから」彼女は唇を噛み、長いまつげの下からラウルを見あげた。

「僕も、今日はいろいろあったんだ」

二人をつなぐ共通点だった。続く沈黙は必ずしも穏やかなものではなく、ラーラは息が苦しくなるほどの強烈な興奮を感じた。こんな経験は過去になかった。

「お礼を言ったかしら?」

「たぶんね」笑みとともに、目尻のしわが深まる。

「すごく怖かったわ」ラーラはかすかに震える声で言った。「ありがとう……ええと?」

「ラウルだ。ラウル・ディ・ヴィットーリオ」

「ありがとう、ラウル。私はラーラ。ラーラ・グレイよ」

火遊びはだめよ。

ラーラの脳裏に警告の声が響いたものの、彼女はそれを無視した。小首をかしげつつ、ラウルのうなじに片手をかけて伸びあがり、柔らかな唇を彼の口元に寄せる。

すぐさま身を引こうとしたとき、彼の唇が動いて二人の唇が重なった。ラーラはかつて感じたことのない欲望を覚え、キスに応じた。ラウルの舌が深く入ってくるのに応え、喉の奥からうめき声をもらす。倒れないよう、それ以上にこのキスがすぐに終わらないよう、ラーラは彼の上着の襟にしがみついた。

二人の唇が離れたとき、通りには誰もいな

くなっていた。

ラーラはその場に立ちつくし、マラソンを完走したばかりのように荒い息をついた。

ラウルは呆然《ぼうぜん》としていた。頭の中で警鐘が激しく鳴り響いている。僕はいったい何をしたのだろう？

ラウルはラーラの手をつかみ、襟から離させた。ラーラが一歩離れ、彼を見あげる。その唇はキスのせいで腫れ、小刻みに震えている。ラーラは唇に舌先を走らせ、見知らぬ場所で目覚めた夢遊病者を思わせるしぐさでまばたきをした。

ラウルは強い欲望に全身が震えるのを感じ、息をのんだ。目の前の女性は美しい。もう一度キスをしたい。もっと彼女を味わいたい。

ラーラは二度目のキスを願いながら彼を見あげた。彼女を見つめる魅惑的な視線から逃れるのは難しかった。

ラーラの胸に激しい興奮が湧きあがる。胃のあたりが騒ぐのを感じながら、ラーラは彼の口元を見た。ブランデーの味のするキスが忘れられなかった。

「あなた、酔っ払っているの？」ラーラは必死に頭をはっきりさせようとしながら尋ねた。いまだかつて、これほど激しい欲望を感じたことはない。

ラウルが唇の端を持ちあげるのを、ラーラはうっとりと見つめた。実のところ、彼のすべてにラーラは魅了されていた。自分の感じているものが何かもわからないままに。過去の体験を超えた、本能的な感覚だった。

「まったくの素面《しらふ》とは言えないが、酔っ払ってもいない。君は?」

ラーラはかぶりを振った。胸を騒がせる興奮は、シャンパンよりも強烈に彼女を酔わせそうだった。「結婚はしている?」

ラウルの表情は変わらなかったが、彼の目が意味ありげに動いたのをラーラは見逃さなかった。

「いまはしていない」

ラーラは安堵《あんど》し、寄せていた眉根を開いた。

「よかった」

ラウルがほほ笑むと、ラーラの膝は震え始めた。彼女は今夜誰かに誘惑されたいと思っていたが、だからといって自分から誘いをかけようとまで考えていたわけではなかった。なのに、いまの私は……。それも、相手はまったく見知らぬ男性ときている!

「君はきれいだ」

少しかすれた低い声に、ラーラは息をのんだ。ラウルの指が頬に触れたときは、胸の中がとろけそうになった。彼に見つめられるうち、催眠術にかかった気分になる。あまりにも激しい興奮に、頭がくらくらする。

「私、おかしなことをしているわね」

「おかしいことが、いい場合もある」

「そうかしら？」

ラウルの漆黒の瞳が輝いた。「そうとも」眉間のしわを深め、ラーラの頬を撫《な》でながら尋ねる。「君はどこから来たんだ？」

「わからないの」

「天から落ちてきたのかな」彼女のような唇を持った天使はいない。ラーラの唇を見つめながら、ラウルは下腹部のこわばりを意識した。彼女のおかげで、いつもの苦痛を忘れ、悲しみから逃れることができそうだ。

「恋人はいるのか？」

「いまはいないわ」

「どこへ行くところだったんだ？」

「あなたと一緒に、どこかへ」ラーラは自分の口にした言葉に驚いた。たったいま危険から脱したところなのに、もう新たな危険に身を投じようとしている。

ラウルは彼女を見下ろした。ラーラが背筋を伸ばし、エメラルド色の瞳で彼を見つめ返す。すでに熱くなっているラウルの体が、さらに熱を帯びた。うなじに鳥肌が立ち、期待のあまり全身がこわばる。

これが別の機会だったら、ラウルは脳裏に響く警鐘に耳を貸し、この女性に惹《ひ》かれる気持ちを否定したかもしれない。だが、今夜はその無謀さをむしろ歓迎したかった。

ジェイミーの死以来、ロベルトの悲痛な声を忘れたことはない。

〝どうしたらいい？　彼はもう戻らない……逝ってしまったんだよ、ラウル〟

だがいま、ラウルは久しぶりに苦痛や後悔以外のものを感じていた。それが一時的で浅はかなものでもかまわなかった。

深い悲しみにとらわれながら女性に魅力を感じるのは、浅はかなことだろうか？　ラウルはそんな思いを脇に押しやり、眼前にいる魅惑的な女性のことだけを考えようとした。その美しい顔を見下ろし、ため息をもらす。

もし僕が運命論者なら、それこそ、この女性との出会いは運命だと考えただろう。

「僕はかまわないよ」

ラーラは心底ほっとした。一瞬、彼に断られるのかと思った。今日はすでに充分なほど自信を失わされている。

「君のような女性には会ったことがない」

「私には双子の姉がいるのよ」

ラウルはふざけて周囲を見まわすふりをした。「近くにいるのかい？」

もしいても、姉のリリーだったらこんなまねはしていない。

「いないわ」

「冗談だよ」

一瞬、二人の目が合った。ラウルはラーラの目の中に、自信たっぷりの魅惑的な女性には不似合いな、傷つきやすい表情を見たような気がした。しかし、それはすぐに消えた。

タクシーが近づいてくるのに気づき、ラウルが手を上げる。展開が速すぎ、ラーラは考える暇もないくらいだった。よいことなのか悪いことなのかもわからなかった。

感覚が奇妙なほど研ぎ澄まされているのに、目の前で起こっていることは遠く感じられる。タクシーが止まり、ラーラは乗りこんだ。

車の振動を感じながら、まるで夢のようだと思った。ただし、これは夢ではない。

3

「どうかしたのか？」

ラーラは首を横に振った。ラウルのたくましい腿が押しつけられるのを感じ、熱い興奮が湧き起こる。

「足は大丈夫か？」

「足？」先ほど足首をひねったことを、ラーラはすっかり忘れていた。「大丈夫よ。ちょっとひねっただけだから、いまはもうなんともないわ。ほらね」ワンピースの裾を少し持ちあげ、狭い車内で可能な限り、脚を伸ばしてみせる。

ラウルは彼女の脚をじっと見ていた。彼の頬がわずかにひきつり、緊張感をたたえている。いまにも何かの感情が爆発しそうな気配だった。

ラウルはラーラの脚から目をそらし、彼女の顔をちらと見たあと、身を乗りだして運転手にイタリア語で指示を与えた。彼と一瞬目が合っただけで、ラーラの体は震えた。彼に対する自分の反応が怖かった。彼のキスの味を思い返しながら、震えるおなかを手で押さえる。

ラウルはそれ以上身を寄せたり、ラーラを抱き寄せたりはしなかった。タクシーが発車したとき、二人は列車やバスでたまたま隣に座った客同士のようだった。とはいえ、車内はこれから起こりうることへの期待感に満ちている。

私はいったい何をしているの？　いまどこにいるのか、これからどこへ行くのかもわからない。見知らぬ男性とタクシーに乗りこみ、その目的は彼に抱かれることだなんて。

マークには簡単に寝る女だと思われていた。それとこれと、何が違うの？

だけど、どうでもいいんじゃない？　私はこの男性を利用しようとしている。これで解放される。もう自分を偽る必要はない。奔放な女という評判は体裁を繕うための見せかけだった。でも、これは現実だ。

最近婚約したばかりの友人、ジェーンの言葉を思い出す。

〝魔法みたいだったわ。彼と出会った瞬間、頭がくらくらしたのよ。わかる?〟

あのときはちっともわからなかったけれど、いまは……?

ラーラはラウルを見た。両手を腿に置き、まっすぐ前を向いている。ラーラは彼の精悍《せいかん》な横顔をうっとりと眺めた。

彼は美しい景色じゃない、男性なのよ。彼女は自分に警告した。それも初対面の男性なのに、一緒にタクシーに乗っている。


「このままホテルまで送ってあげてもいいんだよ」

ラウルの申し出を聞き、ラーラの緊張感はほぐれた。彼女にそれを選ぶ気がなくても選択肢は残されている、ということだ。「いいえ。あなたと一緒にいたい」

ラウルが息をのむ音が聞こえた。とはいえ、彼は小さくうなずいただけだった。

いまここで彼女に触れることはできない、とラウルは思った。少しでも触れたら、離れられなくなる。かすかに感じる彼女の香りやぬくもりだけで、頭がおかしくなりそうだった。女性に対してこんな気持ちになるなど、彼には長らくなかったことだ。

「さあ、着いたよ」

ラーラは車を降り、タクシーの支払いをしているラウルを見ながら、ここはどこなのかしらと考えた。通りのこちら側の建物には、名前や番地などの標示はいっさいない。向かい側にある標示板の文字を読もうとしたとき、大きな門が静かに開いた。ラウルが手を振り、中に入るよう彼女を促す。

「きれいなところね」

丈高い門が閉じ、外の通りが見えなくなったとき、ラーラは不安を覚えた。ところが、それはたちまち感嘆に変わった。二人が立っている中庭の照明は薄暗く、足元には不ぞろいな丸石が敷かれている。中央の花壇には植物があふれ、ジャスミンやラベンダーの香りが漂ってくる。池の脇には石造りのライオンが据えられ、頭部から水を吐いている。

ラーラは建物を見あげた。高い建物が中庭を三方向から取り囲み、窓には錬鉄製の手すりのついたバルコニーが左右対称に設けられていた。

「ここはホテルなの？」

「違う」ラウルは首を振った。「ここは僕の家だ」

「あなた一人の？」ラーラは目を丸くした。一人で住むには広すぎる……離婚後も結婚していたときの家を使っているのかしら。離婚したということ以外、私は彼について何も知らないのだ。

ラーラは小さなため息をもらしたが、そのときラウルの手が背中に触れたので、びくりとした。素肌に直接彼の手を感じ、思わず息をのむ。

「こちらへ」

胸が震えるような期待感を隠し、ラーラは導かれるままに石段をのぼっていった。さもこうしたことに慣れているような顔で。

ラウルが身をかがめ、歳月を経て黒ずんでいる重たげなドアの錠に鍵を差しこんだ。建物の外観は伝統的、いや歴史的と表現してもよいほどの重厚な構えだったが、内部を見てラーラは再び驚かされた。

中には広々とした空間が広がっていた。どうやら壁を取り払い、地上階の全体を一つの部屋にしたらしい。その中央に、あたかも宙に浮いているような階段があった。

家具はさまざまだった。座り心地のよさそうな大きなソファ。背の高いアンティーク調の架台式テーブル。壁の一つの面は床から天井まで全部が本棚になっている。

「こんなふうだとは予想もしていなかったわ」そもそも、二人の出会い自体が予想外のものだった。

ラウルは無関心な表情で室内を見やった。内装に関して、彼にはなんのこだわりもない。広い空間が欲しいと依頼しただけで、内装を手がけた建築家の好きにさせた。

彼にとって、この屋敷は必ずしもよい投資ではなかった。立地条件と広さが気に入って購入したものの、のちに建物のあちこちが傷んでいると判明した。

「ここを業者に修繕させる前は、湿気の浸食や、乾燥によるひび割れ、虫食いなど、ひどい状態だった。事前の検査を怠るのは危険だと学んだよ」肩をすくめて言う。「構造上の安全を確保したうえで、元の特徴を復元するかどうかの選択を迫られた」

「復元しないことにしたのね」

ラウルはうなずいた。

「すばらしいわ」ラーラはそれ以上の感想を控え、口を閉じた。

ラウルが彼女に一歩近づいたので、ラーラは部屋が急に狭くなったような気がした。鼓動が速まり、膝が震える。立っていられなくなってしまいそうだった。

「緊張すると、ついしゃべりすぎちゃうの」

彼に未経験だと告げるべきだろうか？

「緊張しているのか？」

「そうね。驚かれるかもしれないけれど、こんなことを毎日しているわけじゃないから」

ラーラは無理に笑いながら答えた。

ラウルの黒い眉が上がる。

ラーラは困惑し、頬が熱くなるのを感じた。

この男性は私の身の上話を聞きたいわけでは

なく、私の体が目当てなのだ。

彼女は頬を赤らめている。ラウルはそこに弱さと傷つきやすさを見て取った。彼は弱い女性を望んではいない。不良たちに勇ましく立ち向かう、美しくも大胆で自信に満ちた女性と、激しく愛を交わしたかった。

あの女性はどこへ行ったのだろう？

ラウルはため息をつき、つのるいらだちをのみこんだ。女性の気まぐれに振りまわされるのはごめんだ。高ぶった体を静めるため冷たいシャワーを浴びる羽目になるのは気が進まないが、この種の事態に関しては現実を受け入れるしかない。

「コーヒーでも飲むか？」

ラーラは息をのみ、彼の目を見返した。何か冗談でも言うべきなのだろうが、思いが胸にあふれ、声を出すのにも苦労した。「あなたも私も、コーヒーが飲みたいわけじゃないでしょう」

「僕は飲みたいような気がしてきた。君は何を望んでいるんだ？」

ラウルはラーラのつややかな髪をひと房手に取り、それを指から滑らせた。

「これは本物かな？」

「私の何もかもが本物よ。そして、私はあなたが欲しいの」いいせりふだわ、ラーラ！

ラーラはラウルの輝く瞳をじっと見返した。彼の手が頬に触れたのを感じ、身を震わせながら顔を伏せた。長いまつげが頬に影を落とす。ラウルがもう一方の手を彼女の腰にまわすと、ラーラは顔を上げて彼を見た。

力強く抱き寄せられただけで、ラーラの唇から低いうめき声がもれた。

「これが本物だ」ラウルは低い声で言い、ラーラの口元に唇を押しつけた。その唇を彼女の首筋へと滑らせていきながら、くぐもった声で続ける。「君が僕にすること、君のすべてが本物なんだ」

女性を自分のものにしたいという欲求をこれほど強く感じたのは、いったいいつ以来のことだろう？

ラウルは頭がおかしくなりそうだった。すでにそんな状態なのに、誘惑はこのうえなく甘く、二人をかきたてる情熱はいっそう激しく燃えあがりつつある。

永遠に続くかと思われるキスに、ラーラはめまいを覚えた。ラウルによって呼び覚まされた情熱に、彼女は身をゆだねた。細い両腕をラウルの首に絡め、経験がないとは思えないほど積極的に、彼の動きに合わせて舌を動かした。

ラウルの手が彼女の胸に触れたとき、ラーラは小さくあえいだ。ワンピースの赤い生地越しに彼の親指が胸の頂をかすめると、彼女は喜びに全身を震わせた。あえぎ声が低いうめき声に変わる。

ラウルは顔を上げ、ラーラの輝く瞳をのぞきこみながら、下腹部を彼女に押しつけた。ラーラがすぐさま反応し、瞳に暗い輝きを浮かべたのを認め、彼女の脚の曲線に沿って手を滑らせる。

ラーラはたちまち呼吸を乱し、小さな叫び声とともに彼に抱きつくと、長い脚を彼の腰に巻きつけた。

ラウルはラーラを抱きとめ、彼女の顔にかかった髪の毛を払って、うなじをあらわにした。両手で彼女のヒップを持ちあげ、白鳥のような曲線を描く首筋にキスをする。そうしながら、彼女を階段のほうへ導いた。

「とても気持ちのよい、正しい行為だという感じがするの。自分がこんなふうに感じるとは思わなかったわ」

ラウルは彼女の顎に指をかけ、顔を彼のほうに向かせた。

「やめないで！」

ラウルは短い笑い声をたてたが、暗く輝く目に宿る険しい表情は変化しなかった。本当はラーラを壁に押しつけ、この場で奪ってしまいたかった。「やめる気は毛頭ないよ」彼はかすれた声で応じた。

何が起こっているのか、説明したり分析したりする必要はなかった。ラウルが再び唇を重ね、舌を動かし始めたのに応えて、ラーラは喜びに全身を震わせた。

一心にキスを続けながら、ラウルはラーラを抱いたまま寝室へ向かった。

　中央に置かれた低いベッドに運ばれるとき、ラーラの胸には興奮が渦巻き、ほかのことを考える余裕もなかった。この興奮を説明することはできない。ただ、彼が欲しかった。

「胸が痛いほど、あなたが欲しい」

　ラウルがイタリア語で何かつぶやく。言葉がわからなくても、その性急な口調で彼の気持ちが伝わった。彼はラーラをベッドに下ろし、枕を邪魔物とばかり脇へ押しやった。

　ラウルは漆黒の瞳を輝かせ、ラーラに覆いかぶさったが、すぐに体を横にずらした。ラーラは低いうめき声をもらした。彼と触れ合うことで深い喜びが湧きあがり、解放の瞬間を待つ欲望が全身にあふれだす。

　二人は脚を触れ合わせ、並んで横たわっていた。ラウルは大きな手をラーラの頬に当て、顔を上向かせて視線を合わせた。彼女のほてった顔をむさぼるように見つめる。

　緑色に輝くラーラの瞳をのぞきこむうち、ラウルは胸が締めつけられるような感覚を覚えた。彼女のふっくらとした唇は柔らかく、小刻みに震えていて、いかにも傷つきやすそうだった。視線を合わせたまま、彼女の頬にキスをする。熱い吐息で産毛を揺らしつつ、唇を口元まで這《は》わせていった。次いで、ラウルは体を起こし、服を脱ぎ始めた。

半分閉じた目で彼を見ながら、私も服を脱いだほうがいいのかしら、とラーラは考えた。けれど、彼女はもはや夢うつつで、まともに体を動かせそうもなかった。ラウルの裸身が目に入り、たちまち呼吸が乱れる。彼はついにすべてを脱ぎ捨て、神のように雄々しい姿でその場に立った。

ラーラは息をのんだ。興奮が彼女の全身に広がり、肌が熱を帯びてピンク色に染まる。ラウルは美しかった。そして興奮していた。それは見間違えようのない事実だった。

彼の猛《たけ》った体を見ながら、ラーラは自らの体を強烈に意識した。彼を抱きしめることを考えると、気持ちが高揚する。ラウルがベッドに戻り、彼女の横に膝をついた。

「あなたの口が好きよ」ラーラはうっとりと言って手を伸ばし、無精ひげの伸びた頬に指先で触れた。

ラウルは彼女の手首をつかんだ。そのまま手のひらを口元へ持ちあげ、手首にキスをすると、ラーラが震えるのを感じた。ラウルは彼女のなめらかな肩に触れ、ワンピースの細い肩ひもに指をかけた。ワンピースの襟元に手を差し入れ、美しい胸を片方あらわにする。震える肌を手で包みこんでから、うめき声とともに顔を押しつけた。

素肌に彼の唇を感じると、ラーラは強烈な喜びを覚え、背中をそらした。もう片方の肩ひもを外されたのにはほとんど気づかなかった。ラーラはラウルの豊かな髪に指を差し入れ、彼の頭をつかんだ。

ラウルが顔を上げ、燃えるような目で彼女を見下ろす。彼の顔が張りつめ、彫りの深さがいっそう際立った。

彼が略奪するようなキスを始め、ラーラは情熱的にこれに応えた。喜びのあまりすすり泣くような声をもらしながら。ラウルに抱き寄せられ、彼と体を重ね合わせて、ラーラは息をのんだ。胸が押しつけられ、全身の神経が震えだした。

ラウルの肩の筋肉に指を走らせ、胸へと撫《な》で下ろす。彼の肌は温かく、少し濡《ぬ》れている。唇を寄せて味わうと塩辛かった。乗りかかるような姿勢で、彼の全身を愛撫《あいぶ》した。彼がうめいたり息をのんだりする様子を見ながら、ラーラはしだいに大胆になっていった。彼女はラウルの腹部に顔を寄せ、指で触れた場所をさらに舌でたどった。

ラウルがワンピースを腰までいっきに下ろしたので、ラーラは思わず小さな悲鳴をあげた。それから何度か身をくねらせたのち、彼女はシルクの小さな下着だけの姿になっていた。あおむけになり、片脚は彼の力強い腿によってベッドに押さえつけられている。彼のキスは意外なほど優しく、ラーラは胸に熱い感情があふれるのを感じた。

ラーラはラウルの頬に触れ、彼の名前を呼んだ。彼は再び顔を寄せてきたが、今回のキスは優しくなかった。激しく求めるような、強烈なキスだった。あたかも彼女をのみつくそうとするかのような勢いだった。

ラーラはキスに応えながらラウルの背中に手をまわし、体の内側から燃えあがってくる感覚に身を任せた。ラウルの指先が腿のあいだに滑りこむのを感じ、はっと身をこわばらせる。目を閉じていても、彼に見つめられているのがわかった。

「力を抜いて」

ラーラは弱々しくほほ笑み、震えるため息をついた。それは彼の息と混じり合った。

ラーラはラウルの手をシルクの生地越しに感じ、その感覚に気持ちを集中させた。やがて彼の指がシルク地の下に忍びこみ、濡れた素肌を探り始めると、ラーラは息をするのも忘れ、自分の名前さえ忘れてしまった。何も考えられず、ただ強烈な感覚に圧倒された。下着がじらすようにゆっくりと脚から外され、彼女は下唇を噛《か》んだ。

ラウルの脚が膝を割るように入ってくると、ラーラはため息とともに脚を開いた。

「お願い、早く」

彼女の苦しげなささやきに、ラウルは低いうめき声で応じた。彼女の両の手首をつかみ、枕の両側で押さえる。ひと突きで彼女を我がものにしたいという圧倒的な衝動にあらがいながら、彼は体の位置を定めた。

ラーラの中に入っていくとき、ラウルの汗で光る顔は彼自身との闘いでこわばっていた。これほど強烈に女性を求めたことはないという事実を、いまは忘れることにした。

ラーラは何かしら不快なことがあるものと覚悟していた。ところが、彼が中にいるという事実を体が理解する前に、早くも歓喜の高みへと押しあげられていた。予想もしていない感覚だった。

ラーラは喉の奥から低い悲鳴をもらし、全身の力を振り絞るようにしてラウルに抱きついた。激しい、何も考えられなくなるような歓喜が続いた。我が身に起こっていることばかりに気を取られるあまり、それが彼には起こっていないと気づくまでに少し時間がかかった。ラーラが我に返る直前、ラウルは再び動き始め、さらに深く入りこんだ。

ラーラは腰を上げて彼を迎え入れた。意識が研ぎ澄まされ、彼のすべてを、自分のすべてを感じていた。彼女はまぶたをきつく閉じた。ほかにどうすればいいのかわからず、必死にラウルにしがみつく。起こっていることのすべてが新鮮で、すばらしかった。

ラウルが彼女の最も奥まで入りこんだとき、二人の情熱は最高潮に達した。ラーラがもはや耐えられないと覚悟した瞬間、目に見えぬ壁が砕け、再び先刻の興奮が訪れた。今回のほうがさらに強烈だった。ラーラの体の奥が何度も激しく痙攣《けいれん》し、全身が歓喜にわななないた。彼女はまぶたの裏に星が散るのを見た。

何度かの衝撃に続いてラウルのうめき声が聞こえ、やがて彼が緊張を解くのを感じた。

「きれいだよ」

ラウルはかすれた声で言い、顔を寄せてラーラにキスをしてから、寝返りを打った。

4

どこかに浮いているような気分で、ラーラは目を開けた。寝室はひどくぼやけて見えた。淡い色の壁、黒っぽい家具、赤い絵の具を塗りつけただけのような絵画。床まで届く大きな窓から入ってくるそよ風を感じ、彼女はそちらに目を向けた。透き通ったカーテンがふわりと揺れている。

反対側に目を向ければ、ラウルが見えるのだ。私自身と同じくらい激しい、彼の息遣いが聞こえてくる。

ラーラはそちらへ顔を向けた。

ラウルの目は閉じ、厚い胸が呼吸に合わせて上下している。肌は汗に濡《ぬ》れ、金色に輝いている。横顔は厳格で、彫像のようだった。引きしまったたくましい体は彼女の華奢《きゃしゃ》な体とは対照的だ。そのことがなおさら魅力的だった。しなやかな筋肉といい、すらりと長い脚といい、彼はどこを取っても男性的な魅力にあふれている。

ラーラは彼とともに多くのことを経験した。いっとき、二人は一つの世界の一部分だった。そして、いまは別々に分かれている。彼女は急にさびしさを覚えた。

ラウルは片腕を枕にして寝そべっている。ラーラはこの完璧な一瞬にしがみついていたかった。にもかかわらず、考えたくもない疑問が頭の中にいくつも浮かんできた。

彼はなんと言うだろう？　私はなんと言うべきなのだろう？

ラーラはシーツを引き寄せて脚を隠したが、そのとき彼に見られていると気づいた。

「寒いのか？」彼女の答えを待たず、ラウルはラーラを両腕で抱き寄せた。ラーラは一瞬体をこわばらせたが、すぐに力を抜き、彼の肩に頭をあずけた。

ラウルは彼女がバージンだったことを考えずにはいられなかった。僕は彼女に悪いと思うべきなのだろうか？

正直に言えば、ラーラが未経験であることに気づいたとき、彼はむろん驚いたが、興奮をあおられたのも事実だった。おそらく、それは男性の遺伝子に組みこまれている感覚なのだろう。仲間たちに己の力を見せつけた原始時代の名残なのかもしれない。

ラーラを抱きしめたとき、彼女を我がものにしたいという強烈な欲求を経験した。あの感情もそれで説明がつく。

ふと、彼の目の光が険しくなった。そんな感情はいずれ消えるだろう。いつだってそうだった。

彼の暗い思いも知らず、ラーラはほっそりとした体を彼の体に溶けこませるようにして寄り添っている。なかば眠りかけながら。

ラウルは再び胸が締めつけられるのを感じた。優しさに似た感情が胸の奥に生まれている。彼はラーラの長いまつげが震え、頬に影を落とすのを見つめた。彼女はぐっすりと寝入ってしまった。

ラウルには珍しいことだった。行為だけで終わらず、ベッドで女性とともに眠るのはいつ以来だろう。そう、結婚直後の数カ月を除き、一度もない。

ラウルは目を閉じた。ジェイミーが死んでから、毎晩二時間ほどの睡眠しかとっていない。夢の中で兄を見つけ、一瞬安堵《あんど》するが、すぐにその姿がねじれてゆがむという経験を重ね、眠りは彼にとってむしろ忌まわしいものになっていた。胃がよじれるような恐慌状態に見舞われ、冷たい汗にまみれて目覚めるのが常だった。

その夜、ラウルは夢を見なかった。熟睡し、突然起こされたときはショックを受けた。彼を目覚めさせたのは耳をつんざくような鋭い悲鳴だった。

見ると、隣でラーラが上半身を起こしたまま硬直している。目を見開き、宙を見つめて。ラウルが肘をついて体を起こすと、ラーラは彼を見やって何度かまばたきをした。

「悪夢を見たんだろう」

「私が?」ぽかんとした顔で彼を見返す。

「覚えていないのか?」

ラウルはラーラのむきだしの肩に手を伸ばして引き寄せ、横たわらせた。彼女の顔をじっと見下ろす。美しい髪が乱れて広がり、つぶらな瞳で彼を見つめている。彼はこの女性を守りたいと強烈に感じ、そんな自分の思いに、彼女の悲鳴よりも強い衝撃を受けた。

「本当に何も覚えていないのか?」

「ええ。子供のころ、夜驚症に悩まされたの。眠っているときにいきなり大声を出したり、泣きだしたり――そんな症状よ。この年になればもう出ないかと思っていたわ。先に話しておくべきだったわね」

「そのほうがよかったかもしれないな」

「あの、ありがとう」ラーラは自分が以前とは違う人間になったような気がしていた。ラウルのおかげで。

ほらまた、ラーラ、なんでも大げさに考えすぎよ。ただ男性とベッドをともにしただけじゃないの。普通の人が毎日やっていることでしょう。

ラーラは無意識のうちにラウルの体を見ていた。薄い上掛けが下半身を隠しているが、引きしまった腰から平らな腹部、広い胸や肩まで、金色に輝く肌が見えている。

ラーラは体の奥が震えるのを感じ、息が苦しくなった。歓喜の高みに追いつめられた直後の、強烈な解放感――その甘い余韻がいまも胸にある。

「不眠症のいい治療法を知っているよ」ラウルは言いながら思った。その方法で僕の悪夢も治療できるだろうか、と。

ラーラは無邪気なふりをして微笑したが、胸は激しく高鳴っていた。生まれて初めて、男性との情事に溺れる女性の気持ちがわかったような気がする。「どんな治療法かしら。牛乳を飲むとか?」

ラーラの笑顔に、ラウルの体が熱くなった。彼は数センチのところまで顔を寄せ、ささやいた。「君はむしろ、クリームをかけたいちごみたいな味だ」彼女の唇に軽くキスをして続ける。「今度は君の全身を味わいたい」

ララはすすり泣くような声で応じた。

「お願い」

それから一時間、ララは何度も〝お願い〟と口にした。ラウルは彼女をぎりぎりのところまで追いこんではじらし、ようやく二人でともに絶頂を迎えた。

ラウルは疲れ果てていたが、これほど安らかな気持ちになれたのは一週間ぶり、いやもっと久しぶりのことだった。寝返りを打ってララから離れる力もなく、彼はたちまち眠りに引きこまれた。

ララのほうは容易に興奮が冷めず、ようやく寝入ってからも、その眠りは浅く、乱れがちだった。

ラウルはシャワーの音で目を覚ました。上体を起こして髪の毛をかきあげたとき、浴室のドアが開いてララが現れた。洗いたての頬はつややかで、髪はまだ濡れている。セクシーな赤いワンピースとは不似合いな、幼さを感じさせる姿だ。

「起こしてしまってごめんなさい。歯ブラシを使わせてもらったけれど、かまわなかったかしら」明るい声は赤いワンピースのほうに似合うものだった。

「何を使ってもいいが、声を小さくしてくれ」ラウルは頭を抱えながら言った。

「二日酔い？」

彼はゆうべの行為を忘れてしまったのかしら。ラーラは笑みを浮かべながらも、筋の通らないいらだちを覚えた。彼女にとって昨夜の出来事は初めての体験であり、いつまでも記憶に残るものだ。だからといって、ラウルにも意味があるとは限らない。

「いや。でも僕だって人間だ。朝からそう陽気にしゃべるなんて、人間業じゃない」

「朝型じゃないのね」

驚くほど端整なラウルの顔に刻まれていたしわが不意に消え、彼はにやりと笑って再びベッドに横たわった。両手を頭の後ろで組み、からかうように眉を上げてみせる。「そうじゃないと言う人もいるかもしれないぞ」

頬がほてるのを感じながらも、ラーラは負けじと言い返した。「確かに、そうかもしれないわね」

彼はずいぶんうぬぼれた態度をとることがある。完璧に思えるラウルのちょっとした欠点を発見し、ラーラは愉快な気分になった。濡れた巻き毛を指でとかしながら、部屋を横切って姿見へと向かう。

彼女が歩くにつれて赤い生地の下で胸が揺れるのを見ながら、ラウルはかすかな興奮を覚えた。いや、かすかどころではない。「未経験の女性を抱いたのは初めてだったよ」

ラーラがぴたりと足を止め、警戒ぎみの表

情で振り向いた。

「僕には関係のないことだが、どうしていままで何もなかったんだ？」

ラーラは頬を染め、立ちつくしている。ラウルは何か辛辣な答えが返ってくるのではないかと身構えたが、彼女は肩を軽くすくめただけだった。

ラーラはため息をもらし、ワンピースを揺らしてスツールに腰を下ろすと、率直な口調で話し始めた。「我ながら不思議に思っていたのよ。昨夜はとにかく男性と関係を持つつもりだった。相手があなただろうと誰だろうとね。きのうまでは、愛情や心の絆《きずな》を抜きにして男性と関係を持つなんて私には無理、と思っていたの。なのに、とてもうまくいったわ。ありがとう」

「愛情はなくても？」

ラーラは素直な表情を隠すように顔をそむけながら立ちあがった。「私たちのあいだにあるのは、欲望とかそういったものじゃないかしら」

「どこかに、君はどこへ行ったのかと案じている男がいるんじゃないのかな」もしそれが僕なら、とラウルは考えた。彼女にどんな危険が迫っているかを想像し、生きた心地もしないだろう。「誰でもかまわず身を任せようなんて、いったい何を考えていたんだ？　どんな男と出会うか知れないのに」

「たぶん、マークはまだ寝ているわ」

ラウルは内心、穏やかならぬ気分だった。一夜の関係を持ったからといって、見知らぬ男を悪く言ってよいということにはならない。それでも、男の名前を聞いて不快感を覚えずにはいられなかった。どんな理由があったにせよ、不慣れな街で夜遅く女性をひとり歩きさせるような男は許せない。

「哀れな男だな」彼は皮肉っぽく言った。

ラーラが向き直って彼を見つめた。緑色の瞳が明るく輝いている。

「哀れな男ですって？　あんな男は……」ラーラは悪態をのみこんだ。喉まで出かかったのは、母親が娘の口からそれを聞いたら卒倒してしまいそうな言葉だった。彼女は歯を食いしばり、唇を引き結んだ。

「では、彼とよりを戻す気はないんだね」むろん、僕が安堵したのは彼女の将来を案じてのことだ。彼女にはもっといい男が似合う。

「ないわ」ラーラは嘆かわしげに頭を左右に振った。「過剰反応だったのかしら？　マークはろくでなしだけれど、私も悪かったの。〝魂の友《ソウルメイト》〟が現れるのを待っていたりしなければ、こんなことにはならなかった」

「王子様に落胆させられたんだね。何があったんだ？」そもそも王子様など存在しない。彼女もいずれその事実に気づくだろう。

ラーラは自嘲するような笑い声をたてた。

「よくある話よ。職場の上司とローマに来たの。彼に誘われ、私は誘いを受けた。でも、私は彼の恋人の代役だったの。彼女は都合が悪くなって来られず、旅費の払い戻しもできない。お金がもったいなかったのね」

マークが理想の男性だなんて、私の勝手な思いこみだった——ラーラはそう認めざるをえなかった。

「彼が私を誘ったのは、誰とでも簡単に寝る女だと思われていたから。実のところ、そう思っているのは彼だけじゃないの。別に、他人にどう思われようと平気だけれど」

その言葉の裏にある本音を読み取り、ラウルの胸に彼女を守ってやりたいという優しい気持ちがあふれた。

「私が未経験だと知り、彼は怒りだした。それで、次に出会った男と寝てやると言って出てきたの。ほぼ、そのとおりにしたわ」

「君の上司とやらは最低の男だな」

「私たち、なんでこんな話をしているのかしら?」

ラウルは皮肉っぽく眉を上げた。「僕がきいたからだろう」

日頃のラウルにとって、情事のあとの取りとめもない会話はベッドを出て立ち去るための準備でしかなかった。しかも、たいていの場合、そのベッドは彼のものではない。

いまの状況はどう考えても奇妙だ。そのう

え、彼はこの時間を引き延ばしたいとさえ思っていた。彼女の打ち明け話をもっと聞き、僕のほうからも何か話を……?

ラウルはそこに何か深い意味があるとは思わなかった。彼らしくない態度をとっているのは、ラーラが去ったとたん、ゆうべ彼女を抱いたことで忘れられた暗い世界が戻ってくるとわかっているからだ。

ラウルは意識をラーラに戻した。彼女は壁に飾られた写真を眺めている。

「母だよ」

「あら。イタリア人には見えないわね」ラーラは首をかしげた。ラウルは彼女が思い描くラテン系の男性そのものだが、彼の話す英語は完璧で、少しも癖がない。

「父方がイタリア人なんだ。母はスペインの血の混じったアメリカ人だった」どうしてこんな話をしているのだろう? 打ち明け話というのは伝染するものなのだろうか?

「お母様は亡くなったの?」

ラウルはうなずいた。「病気でね。まだ若くて元気だったのに。僕は幼かった」

ラーラは無意識のうちに彼の顔を見つめていた。二人の視線が合い、何かが交わされる。彼女はひどく落ち着かない気分になって目をそらし、話題を変えた。「ヘアドライヤーはあるかしら? 自然に乾くのを待っていたら、何時間もかかるのよ」濡れて暗い色になった髪を持ちあげる。

「いちばん下の引き出しにある」ラウルは浴室を指さして答えた。

ラーラは浴室に入ってドアを閉じ、ため息をついてドア板にもたれかかった。これで、落ち着いているふりをしなくてすむ。ラウルと一緒にいるあいだ脳裏から必死に消そうとしていた光景が、いっきにあふれだした。彼に抱かれたときの甘い記憶がよみがえり、胸が苦しい。

ラーラは深く息を吸いこみ、背筋を伸ばした。冷たい態度をとられるものと覚悟していたのに、彼はとても優しかった。

初体験の相手はすてきな男性だった。そのうえ、〝ゆうべは特別だったわ。あなたにとっても何か意味があったはずよ〟などと、ばかなことを言って恥をかかずにすんだ。

ラーラが髪を乾かして浴室から出たとき、寝室にはいれたてのコーヒーのすばらしい香りが漂っていた。彼女はその香りを追って階下へ向かった。

ラウルがコーヒーのカップを手にして立っていた。黒いローブ姿だが、無造作に羽織っただけなので、がっしりとした胸板がのぞいている。無精ひげの伸びた彼の顔も、厚い胸と同じくらい心を乱すものだった。

〝忘れられないほどに美しい〟

頭の中に、最近読んだばかりの小説の主人

公を表現する言葉が浮かぶ。読んだときはそんな男性がいるとはとても思えず、申し分のない夫を捨てて駆け落ちするヒロインに共感できなくて、途中で読むのをやめてしまった。その男性がいくら魅力的だとしても、体の関係のためにすべてを捨てるなんて考えられない、と思った。

そのときは男性との肉体関係について無知だったわけだが、それはともかく、安定した家庭を捨てることなど想像もできなかった。そんなとき、ラウルと出会った。

彼とはまもなく縁が切れるけれど、それはそれでかまわない。単純な肉体関係だけの相手とは、潔く別れるのがいちばんだ。

ラウルはカップを手にしたまま、ラーラの爪先から豊かな巻き毛まで、全身を眺めた。

「ドライヤーは見つかったようだな」

ラーラは自分の頬に触れた。きのうの化粧の名残はすっかり落ちている。ラウルの暗く輝く目に見つめられると、何も身につけていないような気分にさせられた。「ええ、ありがとう」

「コーヒーを飲んでいてくれ。長くは待たせない」

「私、もう行くわ」昨夜の出来事が遠い昔のことのように感じられた。マークに拒絶されたことも夢の中の一幕に思える。

「ホテルまで送るよ」

前に進むのよ。この男性とは二度と会わない。「いいえ、それは――」

ラウルが彼女を遮った。「タクシーに乗る金は持っているのか？」

ラーラは頬を赤らめ、下唇を噛《か》んだ。長いまつげに縁取られた目を伏せる。

「だろうな」

ラーラは反抗的に顔を上げ、赤毛を後ろに払った。「歩いて帰るわ」

「歩いたせいで、ゆうべはどうなった？」

ラーラは勝ち目がなさそうだと察し、眉を上げてみせた。「あなたと一夜をともにしたら、女性はみんな送迎サービスを受けられるのかしら？」

彼女が平静を装っているのは見え透いていた。そっけない態度の裏には弱さが隠されている。ラウルはそれを見抜いたが、あえて何も言わなかった。かつてはルーシーも、弱くて優しい女性に見えたことがあった。

「むろんだ」彼は素知らぬ顔で答えた。「五分ほど待っていられるなら、だが」

車に乗りこんでから、ラーラはホテルの名前を覚えていないことに気づいた。

「たしか、CかTで始まる名前で、角にコーヒーショップがあったような気がするわ」

「そいつはずいぶんと見つけやすいな」

「皮肉を言われなくても、すぐに名前を思い出すわよ」

　いったいいつ思い出すんだ？　十五分後、ラウルは車を走らせながら新たなホテルの名前を挙げ、ラーラが首を横に振るのを見て眉をひそめた。

　車体の低いスポーツカーの屋根を閉じていても、体の線が見える赤いワンピースを着たラーラの姿は、必要以上に人目を引いた。クラクションが鳴り響き、通行人からも声がかかる。ラウルは窓を開け、決して上品とは言えないしぐさで通行人を追い払った。

「Aで始まる名前だわ」

　ラウルはあからさまにいらだちの表情を浮かべた。「さっきはTだと言ったろう」

「そうね、Tか、それとも……待って、あれだわ。外にあるあの鉢植えの椰子《やし》、それと、あの青い看板も」ラーラは通り過ぎたばかりの建物を振り返った。

「ここは一方通行だ。気が散って困るから、静かにしていてくれないか。事故でも起こさせたいのか？」ワンピースから飛びだしそうに揺れているラーラの胸に気を取られ、ラウルは運転になかなか集中できなかった。

「こっちじゃないわよ」

　彼が建物のあいだの路地に車を入れたのを見て、ラーラがあわてて言った。

「君はローマの道を知らないだろう？」

　ラーラがきつい目つきで彼をにらみ、口を

つぐむ。

「さっきのは近道だったのね」ラウルがホテルの前に車を寄せたとき、彼女は静かにつぶやいた。

ラウルは古めかしいホテルを見あげ、うなるような声を発した。「本当にここで間違いないのか？」

ラーラはうなずいた。

「君の恋人は女性の扱い方をよく心得ているようだ」

「恋人じゃないわ」低い声で応じる。

「彼は警察に連絡をしたかもしれない。そのことは考えなかったのか？」

「そんなことになっていないといいけれど！」ラーラはワンピースを翻して車を降りた。「あの、ゆうべは優しくしてもらって、どうもありがとう」

彼女の言葉を聞いたとたん、ラウルは自分がろくでなしになった気がした。

いや、本当にろくでなしなのかもしれない。ラウルは石段をのぼっていくラーラを見送りながら考えた。ワンピースの裾が優雅に揺れ、周囲の男たちが振り返る。ラーラは歴史を感じさせる建物の中に消えた。

ラーラをここに連れてきて拒絶した男は、帰ってきた彼女をどんな態度で迎えるのだろう？　僕だったらどうするだろうか？

僕は特別に所有欲の強いほうではないが、

もしラーラが僕のもとを去り、ほかの男と一夜を過ごしてきたら、彼女を絞め殺すか、即座にベッドに押し倒すかするだろう。

ラーラは相手の男を許すだろうか？　女性のことはわからない。ひどい仕打ちをする男性に強く惹《ひ》かれる女性もいる。

仲直りのキスや、そのあとに続くかもしれない行為について、ラウルは陰鬱に考えた。彼は悪態をつき、車のギアを入れると、タイヤをきしらせて縁石から離れた。

5

ホテルの内装は外観よりもずっと美しかった。ロビーの一画はダイニングルームになっている。ラーラがそこに入っていったときは、テーブルの半分ほどが埋まっていた。何人かが眉を上げて彼女を見たが、ラーラは意に介さず、まっすぐマークに歩み寄った。

「心配したよ」マークが彼女に気づき、新聞をテーブルに置いた。

「あら、そう」ラーラは彼が食べかけている

朝食の皿を見下ろした。同伴した女性の身を案じて朝から街じゅうを車で走りまわってい
た、というわけではなさそうだ。

「ご覧のとおり、私は無事よ」ララは両腕を広げた。傷ついた心を隠し、明るい笑みを浮かべてみせる。周囲のテーブルからの好奇の視線はあえて無視していた。

「それじゃ、コロセウムにでも行ってみようか。もちろん、着替えをしてから」マークが彼女のワンピース姿を見ながら言った。

ララは自分の耳を疑った。「なんですって?」目を剥《む》いたあと、嘆かわしげに頭を振り、彼を見つめる。

「ガイドブックを見たんだ。週末だけではとてもまわりきれないが……」

ララはテーブルに一歩近づき、ささやき程度に声を低くした。「あなた、これから観光をする気なの?」

「だって、せっかく来たんだから楽しんでもいいだろう」

ララはマークの丸顔を張り飛ばしてやりたくなった。それでも、やっとのことで癇《かん》癪《しゃく》を抑えこみ、魅力的な相手だと思っていた男性を冷静に眺めた。

外見以外のものを評価してくれる男性を見つけたい一心で、私は大きな過ちを犯した。性的な対象として以上に私を評価してくれる男性は、すなわち繊細で思いやりのある、愛

ていたのだ。


するに値する人物のはずだ、と決めてかかっていたのだ。

　ラウルは繊細で思いやりのある人物とはほど遠い、とラーラはふと思った。一夜をともにした男性の姿が脳裏によみがえり、体がかっと熱くなる。

　ラウルは彼女が恋人にしたくない男性の典型のような人物だった。それでいて、彼は強烈な男性としての魅力のほかに、優しさや気遣いも兼ね備えていた。

　なんて皮肉なことだろう！　私が求めているのは繊細で思いやりのある恋人ではなく、服を無理やり脱がせ、何もかも忘れさせてしまうような男性なのだ。


　彼女がため息をついてテーブルから離れると、マークが頬を紅潮させて言った。「ホテル代は支払ってあるんだよ」

「ばかを言わないで。あなたとここに泊まる気なんかないわ」

　マークはナプキンを不自然なほど丁寧に畳んでから、眼鏡の縁越しに彼女を見た。「なら、どうする気なんだ？」

「うちに帰りたいわ」ラーラは追いつめられた気分になり、唇を震わせながら答えた。

「僕はここに、幼稚園児ではなく大人の女性を連れてきたつもりだった。これは未経験の女性のための遠足じゃない。僕はそんなものに金を出したわけじゃないぞ」

「飛行機代は自分で払ったわよ。ホテル代は帰る前に部屋に置いておくわ」

ラーラはマークに背を向け、足早に階段をのぼった。部屋へ行き、衣類や化粧用具をスーツケースにつめこむ。愚かさと荷づくりの速さは誰にも負けないわね、と考えながら、南京錠《なんきんじょう》をかけた。

「君は大げさに考えすぎている」

背後からマークの声が聞こえた。

ラーラは振り向きもせず、ため息とともに低い声で応じた。「私はいつだってそうなのよ」

「個人秘書としては、理想的な資質とは言えないな」

マークの口調はさりげなかった。帰りしだい新しい職を探せ、とはっきり言ったわけではない。とはいえ、どんなに鈍感な者にも彼の言いたいことは通じるだろう。

ラーラは胃のあたりが急に重くなるのを感じた。これだから、職場恋愛はおすすめできない。うまくいかなくなったとき、そのしわ寄せは経営者の甥《おい》ではない人物のほうにやってくる。

「どうせ転職しようと思っていたの」プライドが言わせた言葉だったが、実のところ収入がなくなるのは困りものだった。たとえ失業しても、実家を頼る気にはなれない。

マークは化粧台の上にあったガイドブック

を手にし、ポケットに突っこんだ。その顔には安堵《あんど》の色が表れている。「それがいいだろう。心配はいらない。いい推薦状を書いてあげるよ」

「特別扱いみたいな言い方はしないで。仕事については優秀なはずよ」

「君にはよけいな口出しをする癖がある。世の中には、秘書にあれこれ言われたくない上司だっている」

ラーラは悔しかったが、必死に背筋を伸ばしていた。

奇妙なことに、昨夜の出来事は彼女が決めたことではなく、どうしようもない運命だったように思えた。ラーラは決してこの一夜を後悔しないだろう。不思議にも、過去の人生における選択の中ではむしろましなものだった、という気がする。

才能と熱意があれば会社で昇進できる——かってラーラはそう信じていた。会社にもよるだろうが、彼女の勤め先は違った。頭上の低い位置にガラスの天井があり、資格がなければそれを突き破ることは不可能だった。会社での将来に明るい期待は持てない。

「上司もたまには自分の過ちを認めたほうがいいのよ」ラーラは言い返した。

「僕と別々に帰ったりしたら、なんと思われるか……」

ラーラはぴんと来た。「職場の連中に話を

してきたのに、うまくいかなかったとばれるのがいやなのね？」

マークは顔を赤くした。「誰にも話したりしていない。ただ、せっかく来たんだから観光くらいは……」

ラーラは両腕を組み、彼を眺めた。気遣いのかけらもなく、退屈で想像力のない、自分勝手な男性だ。「私はあなたの好みのタイプじゃないんでしょう？」

ラーラがマークに好意を持ったのは、彼が誘いをかけてこなかったからだった。口説き文句も思わせぶりな態度もなく、職場でわずらわしい思いをせずにすんだ。でも、それはマークが彼女に魅力を感じていなかったせいなのだ。そんな当然のことにも気づかなかったとは。

ラーラは自嘲ぎみの笑い声をあげた。自分が魅力的だと思いこんでいたとは、なんて愚かだったのだろう。

マークが気まずそうに肩をすくめる。「君はとても美人だし、すてきな女性だと思う。ただ……」

ラーラは〝ただ〟の先を聞きたくなかった。どうせ悪いことに決まっている。彼女のプライドはすでに傷だらけだった。

でも、昨夜のラウルは……ラーラはそれを考えまいとした。男性にきれいだと言われないと満足していられないような、そんなうぬぼれ屋にはなりたくない。だけど、それにしても……彼女の体に震えが走る。

脳裏に焼きつけられた記憶がよみがえった。力強い手に肌をまさぐられたことや、熱いキスで唇を奪われたこと、さらに、彼女自身の乱れたあえぎ声も。

その記憶にずっと浸っていたいという気持ちが胸にあふれてきたものの、かろうじて残っていた意志の力を振り絞り、それを抑えつける。ラーラは重い疲れを感じた。現実から切り離されたような気分だった。

マークは口元をこわばらせていた。何か気に入らないことがあるとき、彼が決まって見せる表情だ。


「いずれにしても」ラーラは彼の言いかけた言葉を振り払うように声を強めた。「転職に有利になるなら、推薦状はありがたいわ」

その言葉を聞くと、マークはばつの悪そうな顔になった。部屋のあちこちに視線をさまよわせ、こちらを見ようとはしない。

「私はいちばん早い飛行機で帰るつもりよ」ラーラは続けた。チケット代をどう支払ったものか、と胸の内で思案しながら。

「言っておくが、チケット代の払い戻しはできないはずだ」

マークの指摘したとおりだった。それでも、町中からかなり離れている空港までのバス代も含めて、帰りの旅費はラーラが恐れていたほど高額ではなかった。

ラーラは空港のロビーで出発を待った。座ってコーヒーを飲んでいると、彼女の前を不機嫌そうな顔の客たちが通り過ぎていった。先ほどから、泣きわめく赤ん坊の声がロビーに響いている。表示板を見守るうち、彼女の搭乗便が遅れるという知らせが表れた。

まったく、よりにもよって！

「ミス・グレイですか？」

機長の制服に身を包んだ長身の男性が目の前に立っていた。ラーラは警戒しながらうなずいた。昔から、空港という場所はどうも好きになれない。

「何かあったのかしら？」

想像力が暴走し、この男性がわざわざ彼女を探しに来るまでの悲惨な展開があれこれと頭に浮かぶ。

実家が火事で全焼した……母親が運転中にバスと正面衝突の事故を起こし、病院に収容された……。

それにしても、機長の制服を着た人物が知らせに来るものだろうか？

男性がかぶりを振り、安心させるように笑みを浮かべた。「違います。伝言をあずかってきました」

ラーラは胸に手を当てた。「私に？」

彼女がここにいることは誰も知らないのだから、伝言などありえなかった。マークには具体的なことは何も言わなかったし、ロンドンの友人たちにしても、彼女が帰国を早めたとは知る由もない。

「人違いじゃないかしら」それに、いったいいつから、機長の制服を着た人間が使い走りの役を担うようになったのだろう？

「間違いではないはずです」男性はラーラの赤い髪に目をやりながら応じた。「一緒に来ていただけますか？」

ラーラが珍しく従順に男性についていったのは、彼が制服を着ていたのと、空港という場所のせいだった。空港内で人目を引くような騒ぎは起こしたくない。

空港！　ラーラは空港が大嫌いだった。もっとも、過去に彼女の身に起こった最悪の出来事といえば、旅行バッグが行方不明になったことくらいだったが。

「時間はかからないんでしょうね。飛行機の出発時刻が――」

「ありがとう、ジャスティン。恩に着るよ。ＡＪによろしく言ってくれ」

ラウルがラーラの腕を片手でつかみ、機長の制服の男性に向かってもう一方の手を差しだした。ラーラは驚きのあまり言葉を失い、その場に立ちつくしたまま、握手を交わす二人の男性を見守っていた。

「お役に立てて何よりだ、ラウル」

ジャスティンと呼ばれた男性は謝るような

目でラーラを見てから微笑を浮かべ、帽子をかぶり直して立ち去った。

いったいなんの冗談？

その場に残った男性に顔を向けたとき、ラーラはようやく我に返った。つかまれていた腕をもぎ放し、彼から一歩離れる。

「あの人、本物のパイロットなの？」

「ああ、れっきとしたパイロットだよ。ここへ向かう途中で渋滞に巻きこまれたので、彼に伝言を頼んだんだ」

ラウルがラーラを降ろして車を発進させたときはさほどでもなかったが、家に着くころにはラッシュアワーになっていた。

門内に車を止めたあと、彼はそのまま運転席に座っていた。背後の門が自動的に閉じられたとき、その音が引き金になったのか、いきなり前触れもなしにいつもの苦痛がよみがえった。けさまでの数時間は消えていた暗い思いが脳裏に押し寄せ、彼は惨めな喪失感にとらわれた。

苦痛にあらがうこともできず、絶望にのみこまれそうになったとき、車内のどこかに残っていた香水が彼の鼻孔をくすぐった。そのかすかな香りに意識を集中させるうち、頭の中の靄《もや》が少しずつ晴れていった。

数秒か、数分か、あるいは数時間か。ふと気づいたとき、ラウルは全力疾走の直後さながら、汗まみれで車内に座っていた。彼は背もたれに寄りかかり、革張りの座席にすっかり身をあずけた。香りの持ち主の顔が脳裏に浮かんだ。

ラウルにとって、女性との情事は一種の逃避行動だった。ところが、いまは彼女の顔を思い浮かべるだけで苦痛から逃れることができる。

彼の女性経験は豊富だが、昨夜の行為は……すばらしかった。脳裏に描かれた女性の口元に意識を集中させ、ため息をもらす。

そのとき、不意にひらめきが生まれた。ジグソーパズルのピースが突然ぴたりと組み合わさるように、あっという間に計画がまとまる。魅惑的なラーラ・グレイに、これは彼女には断ることのできない格好の提案だと教えてやろう。

反抗的な態度をとっていても、ラーラのほうも彼とのあいだに特別な興奮を感じていたのは事実だ。彼女のほうが経験不足な分だけ、それを隠すのも下手だった。

僕の勝ちに決まっている。

空港周辺の渋滞に巻きこまれているあいだに、求める情報は手に入った。法律事務所を経営する彼には、優秀な調査員とのつながりがある。それは実に便利なことだった。ルーシーの一件があって以来、彼は自分の直感や本能には頼らず、厳しい調査による裏づけを求めるようにしていた。

ラーラに関する情報は少なかった。彼女には前科はなく、後ろ暗い秘密もない。運転免許証を所持し、駐車違反のチケットを二度切られている。現在の仕事を失ったら、代わりの職はなく、たいした資格もない。ラーラ・グレイは仕事を必要としており、彼女の上司は経営者の甥だ。

ラウルは目の前のラーラに意識を戻した。

「君の飛行機が遅れて幸運だったよ」

万が一のため、ラウルは自家用ジェット機を準備させておいた。一見、常軌を逸したように見える行動について、彼はなんの苦労もせずに説明できた。最後まで完遂する心構えなしには、どんな行動も起こさない。中途半端な行動は彼の主義ではなかった。危険な要素を完全に排除するのは不可能だが、常にそれを最小限にするよう心がけている。

「幸運ですって！」彼につかまれていた場所を撫《な》でつつ、ラーラは苦々しげに繰り返した。

昨夜の思い出を消し去ることができないのと同じく、心に刻まれた感触を忘れることもできなかった。空港までのバスの中では、思い出もいずれは色あせ、脳裏に鮮やかによみがえる顔もそのうち薄れていくだろうと考えていたものの、まったく愚かなことだった。やがては彼の声を思い出せなくなるだろうと考えていたなんて。

それでも、そう考えるしかなかった。初体

験のことは覚えておきたいが、ラウルとの情事は過去のものとし、前進したいと思っていたから。昨夜の経験は特別なものだった。それにこだわっていたら、今後の恋愛はすべてつまらないものに思えてしまうだろう。三十歳になっても高校時代のサッカー大会での決勝ゴールを自慢するような男性と同じだ。

けれど、ラウルが目の前に立っているいま、彼女の嘘《うそ》は冷酷に暴かれた。ラーラが身を守るために考えた理屈は簡単に崩れ去り、彼の美しい瞳に宿る真実が迫ってくる。

時間など問題ではない。彼を忘れられるはずがない。彫りの深い顔立ち、低く響く声、肌の匂い……それらは脳裏に焼きつき、消し去りようがなかった。

「口をぽかんと開けたままでも魅力的な女性は、めったにいないよ」

ラーラはあわてて口を閉じた。

「君はその希少な一人だと思うけれどね」彼女がどんな表情をしていようと、その魅力はラウルにとってなんの変わりもなかった。

「いったい何がしたいのかしら？　まあいいわ。知りたくもない。暇を持て余しているんでしょう。でも、私は忙しいの」くだらぬ説明など聞きたくないとばかり、ラーラは両手を上げてみせた。

「本当に知りたくないのか、僕が君を追いかけてきた理由を？」

「知りたくないわ」ララは嘘をついた。すると、ラウルが疑わしいという顔で笑みを浮かべたので、彼女は歯を食いしばった。「あなたとは話をしたくない」

ラウルがうなずいて同意を示す。「僕だってベッドで抱き合うほうがいい」

ララが頬を染め、その色がどんどん濃くなるのを見て、ラウルは笑いをこらえきれなくなった。

「もっと落ち着いて話せる場所へ行こう」

ララは彼が差しだした手を避け、両手を背中にまわした。「どこへも行かないわ。何をしたいのか知らないけれど、私の乗る便はもうじき搭乗が始まるところなの。だから、早く搭乗口に行かないと」またチケットを買い直す余裕など、彼女にはない。

「落ち着いて。バーにいても、搭乗案内のアナウンスは聞こえるよ」

「だけど……」

「もし乗り損ねたら、僕が代わりの交通手段を手配してあげる」

「あら、そう？　自家用ジェットでも用意するというの？」

「そうだ」

彼のふざけた態度につきあっていられるのもここまでだ。ララは真顔になった。「どうしてこんなストーカーみたいなまねを？　私に何か言いたいことがあるなら、いまここで言ってちょうだい」

「気分でも悪いのかな。顔が真っ青だよ。昼食はとったのかい？」

「気分は悪くないわ」

「朝食は？」

ラーラのおなかが鳴った。彼女はラウルがにやにや笑うのを無視して言った。「いいわ、コーヒーでも飲みましょう」

ラウルは彼女を促して観光客の団体でにぎわうロビーを通り抜け、混み合うバーラウンジに連れていった。彼がロビーを見渡せるテーブルにラーラを導くと、彼女は椅子を引いてもらうまで待たず、さっさと腰かけた。

ラウルは肩をすくめ、テーブルの向かい側にまわった。彼が座るか座らないかのうちに、ウエイトレスが駆け寄るようにやってきた。

「僕はコーヒーを……ラーラ、君は？」

「コーヒーだけでいいわ」

ラウルがウエイトレスにイタリア語で注文を伝えると、彼女はとろけるような笑みを浮かべて立ち去った。

「サンドイッチを頼んでおいたよ」

「私の言うことを無視する気なら、どうしてわざわざ尋ねたわけ？」

ややあって、コーヒーとサンドイッチを携えたウエイトレスが再び現れ、トレイをテーブルに置いた。ラーラはすぐにサンドイッチに手を伸ばした。片意地を張っておいしい食べ物を無駄にするのはばかげている。彼女は二口ほど食べた。スモークサーモンの薄切りがきゅうりと一緒に挟んであった。

「それで、話というのはなんなの?」

「君に提案がある」

ラウルは彼女の表情を見て笑みを浮かべた。

「君が考えているような提案じゃないよ」

頬が真っ赤になっているのを意識しながら、ララはコーヒーをかき混ぜ、不愉快そうな顔で彼を見返した。「あなたがどんな提案をしようと、興味を持てるとは思えないわ」

〝ベッドに行こうという提案でない限りね〟

ララは心の声を押し殺し、唇を強く噛《か》んだ。その痛みに気持ちを集中させ、湧きあがる興奮を静める。

「僕の祖父はもう長くない」

ララははっとして彼を見た。同情心が敵意を押し流す。ラウルは平然と話しているが、彼女は直感的に悟っていた。仮面のような顔の下には苦悩が渦巻いている、と。

彼がどんな提案をすると期待していたのか、自分でもわからない。けれど、こんな話ではないはずだった。「お気の毒に」

ラウルは彼女をちらりと見た。ララが緑色の瞳に同情を浮かべ、彼を見返す。いつもの彼女とは違う表情だ。彼女はふだん、わざと生意気な態度をとっているらしい。その理由ならわかる。感情を表現すればするほど、それは他人に利用されやすい。

まさしく、僕自身もそれを利用しようとしているのではないか？

ラウルは頭を振り、らしくもない疑念を追い払った。これは感情の問題ではなく、あくまでもビジネスだ。決して彼女の優しい心根につけこもうとしているわけではない。

「残念だよ。僕もまだ現実と思えない」ラウルは椅子の背にもたれ、深く息を吸った。

「長いことご病気だったの？」ラーラは小声できいた。彼女は幼いころに父親を亡くしたが、それは突然のことだった。前もってわかっているのと、どちらがつらいだろう？

「病気などしたことのない人だった。僕の知る限りではね」低い声で答える。

「おじい様とは親しい関係だったの？」

ラウルは少し考えてからこの質問に答えた。

「実の父親よりも、祖父こそが僕の父のような存在だった」

「あなた、兄弟や姉妹は？」ラウルに一匹《いっぴき》狼《おおかみ》的な雰囲気を感じていたせいか、ラーラは彼を一人っ子だと思いこんでいた。

「兄がいたが、亡くなった。ジェイミーだ」

「お気の毒に」ラーラは再び言った。ラウルの口調には個人的な話はなるべく避けたいという思いがにじみ出ている。でもそれなら、どうして打ち明け話など始めたのかしら？

彼は理由なしには決して行動しないタイプに見えるのに。

「同情欲しさにこんな話をしているわけじゃない。僕がヴィットーリオ家の最後の一人になる、という事実が問題なんだ」身近な者たちが次々に死んでいった話を彼女にすべきだろうか。ラウルはためらい、あまり得にはならないと考えて思い直した。

彼が言葉を切って物思いに沈む様子に、ラーラは意に反して興味を引かれ、黙って続きを待った。

「祖父にとって、家族は大きな意味を持つ存在なんだ。祖父は家が続いていくこと、遺伝子が親から子へと何世代も受け継がれていくことを重要視している。一種の不死の願いなんだろうね。僕が結婚していたとき、祖父は次の世代の誕生を心待ちにしていた」

「あなたは離婚したの?」

「妻は亡くなった。子供はいない」ラウルは淡々と答えた。苦痛を押し隠し、事実のみをそっけなく告げる。

「それで、私に話というのは?」

「祖父の最後の望みなんだ。家名を継ぐ子供の母親に会いたい、と」

その言葉の意味を理解するのに、ラーラは数秒を要した。彼はまさか……そんなことはありえない。驚きに怒りが混じり、彼女はかぶりを振った。立ちあがろうとしたものの、膝に力が入らない。

「そこへ、君が登場する」

「私が?」ラーラは思わず吹きだしそうになった。頭を振り振り、両手をテーブルの縁にかけて椅子を後ろに押す。ばかげた話から少しでも身を離そうとするかのように。「あなたは頭がおかしいわ」彼女はきっぱりと告げた。「この会話はここまで。あなたの家のために子供を産むなんて、お断りよ!」

「祖父を喜ばせるために子供をつくる気はない」

ラーラは椅子に座り直したものの、まだ半信半疑だった。「どういうこと? だって、あなたの話では――」

「結婚してほしいんだ、ラーラ。子供を産んでほしいわけじゃない」

ラーラは笑いかけたが、すぐに真顔になった。ラウルがまじめに言っているのか、たちの悪い冗談を言っているのかわからず、彼の傷ついたような表情を見つめる。彼は通りすがりの者に道を教えるような気軽な口調で、とんでもない提案をしている。

「私は飛行機に乗って帰るわ。この会話はもう終わりにしましょう」

ラウルが彼女に険しいまなざしを向ける。

「話を聞いてくれ」

ラーラは首をゆっくりと横に振った。「何を言われても、気持ちは変わらないわ」

「話を聞くらいはいいだろう。どうせ職探しをすることになるんだから」

　ラーラは目にかかっていた髪を払い、耳の後ろにかけた。私は頭のおかしい男性の相手をしなければならないのかしら。「真っ昼間から酔っ払っているの？」

　ラウルが身を乗りだし、数センチのところまで顔を近づけた。「匂うかな？」

　ミントの香りを放つ彼の息が頬にかかり、ラーラはあわてて身を引いたが、その勢いで後ろに倒れそうになった。「やめて。忘れているようだけれど、仕事ならあるのよ」

「上司と寝ないのは一般的には正しい判断だが、君の場合はどうかな？」嘆かわしげに頭を振りながら問いかける。

　ラーラは思わず頬を赤らめた。

「ローマでの週末が情事とは別の面にまで影響を及ぼすかもしれない、とは考えなかったのか？」ラーラと上司との関係について皮肉を浴びせつつ、ラウルは内心いらだちを覚えていた。理不尽とわかっていても、どこかの負け犬に彼女が身を任せようとしたことを考えると、ひどく腹が立つ。この女性を袖にするとは、たとえどんな男だろうと〝負け犬〟という呼び名がふさわしい。「よく考えてほしいんだ。どうすればいい話だとわかってもらえるのかな？」

「あなたの提案のどこがいいというの？」ラ

ーラはしわがれた声できき返し、さも不快そうに彼を見た。説教がましい話など聞きたくもなかった。

ラウルが口元をこわばらせる。「彼をものにするつもりだったのか？」

「ものにする？」ラーラは目を剥いた。彼はなぜ、私がいかに愚かだったかを思い知らせるようなことばかり言うのだろう？

「都合のいい結婚がしたかったのか？」ラウルの声に冷酷な響きが加わった。彼はラーラの顔に別の顔を重ねていた。

冷淡で打算的だった妻のルーシー。ラウルの気を引くのに、彼女はとりたてて目立った行動をとったわけではなかった。その必要などなかったのだ。彼女の策略よりも、簡単にだまされた若き日の自分に憤りを覚える。

「裕福な夫が目当てなら、服装はもっと上品にするし、マークよりもずっとお金持ちの男性を狙うわ」

ラーラの瞳がエメラルド色に輝き、重なっていたもう一つの顔を消し去ってしまった。彼女の瞳の中に、ラウルは彼への嫌悪感をはっきり見て取ることができた。

彼女は子供のように素直でわかりやすい！感情を隠すすべを知らず、感じたことのすべてを美しい顔に表してしまう。

「別に非難しているわけじゃない」ラウルは穏やかに言った。

「当たり前でしょう!」

「言わせてもらえば、君は軽傷ですんだほうだと思う。選んだ相手が想像とは異なる人間だったと気づくまでに、もっと時間を要する場合もある」

「経験から言っているの?」ラーラは冗談のつもりで尋ねた。

ラウルはからになったカップを押しやった。そうやって時間を稼ぎつつ、険しくなっていた表情をゆるめる。「僕の場合も、それほど時間はかからなかった。さて、僕たちはゆうべ、楽しい時間を過ごした」

ラーラは脳裏にちらつく映像を必死に消そうとした。

「僕のおかげで現実を忘れられただろう。僕も同じだった」漆黒の瞳が意味ありげに輝く。

ラーラは先ほどからずっと胃のあたりが落ち着かなかったが、いまや全身に力が入らなくなりつつあった。

「それで、どうかな?」

ラーラはたったいま目が覚めたかのようにまばたきを繰り返し、喉をつまらせた。頭を振り、かすれた声で笑いながら応じる。「ひと晩だけの関係だったはずでしょう。あなたの提案はまるっきりばかげていて……」

「うまくいくかもしれない。なにも一生縛りつけようというわけじゃない」

「普通、結婚は一生のものじゃないの?」

「離婚に関する統計を見たことは？　僕の提案する期間は祖父の命があるあいだだけだ。医師によればあと半年程度……」冷酷な現実を口にする際、ラウルの口元が震えた。

〝僕たちが望めば、それ以上でもいい〟

彼は胸に浮かんだ言葉を打ち消した。ラーラへの欲望には際限がない。それがラウルの抱えている問題だった。その欲望はかつて感じたことがないほど強く、どれだけ彼女を抱いても満足できないような気がする。しかし、いずれはそんな感情もおさまるだろう。六週間か、六カ月か……この激しい情熱にも限りはあるはずだ。もしかしたら祖父の余命よりも短いかもしれない。だが欲望が続くうちは、昨夜のような現実逃避の手段が手元にあるというのは魅力的だった。

「祖父は曽孫《ひまご》の顔を見られるとは考えていない。それでも、いずれ生まれると思いながら残りの日々を過ごせれば、なんらかの救いにはなるだろう」

ラーラは話の方向を変えようとした。昨夜のような経験には興味がないといった議論をしたところで、敗北は目に見えている。

「おじい様に嘘をつく、そのための手助けをしてほしいというのね」

「君は嘘をついたことがないのか？」

ラーラは彼をにらみつけた。「言っている意味はわかるでしょう」

「これはビジネスだ。ただで半年間協力させるつもりはないよ。君のほうは失業が避けられないんだろう?」

ラーラは下唇を噛んだ。「たぶんね」

「技術や資格があれば別だが」

「この機会に、大学に入り直してみようかと思っているの」

「前向きな態度は評価しよう。でも、学費はむろん安くないし、生活費も必要だ。これからの半年を僕と過ごせば、借金なしで大学に通えるくらいのお金はできるよ」彼はそれよりもはるかに多くの額を口にした。

「よくないことだわ」

「どうして? 何が悪いというんだ?」

「お金をもらって愛人になるようなものでしょう。そう考えると……」

「必ずしも、体の関係はなくてもいい」

あわてることはない、とラウルは考えていた。相性のいい男女には、お互いを結びつける特別な感覚がある。ラーラの肌の香りを嗅いだだけで生まれる欲望は過去に経験のないものだ。ラーラのほうもそれを感じているに違いない。彼女は反応を隠すことができない。直接触れもせずに彼女を震えさせられると考えると、いっそう欲望をそそられた。

一つ屋根の下にいながらベッドをともにしない——それは枯れ葉の山にマッチを投げておきながら、何も起こらないと期待するようなものだ。

「寝室を別にしたいというのなら、それでもかまわないよ」

「あなたはそれでいいの？」

ラーラの口調に不満げな響きを聞き取り、ラウルはほくそ笑んだ。「僕はいやだが、それでも契約違反にはならない」

「それではうまくいかないんじゃないかしら。だって、私はあなたに……」

「夢中だというふりをしなければいけないからな。だからこそうまくいくはずなんだ。君は感情を隠せない」

「私が一夜にして恋に落ちたと思っているなら、がっかりすることになるわよ！」

彼女の痛烈な反撃に、ラウルは冷笑を浮かべた。「君が僕に恋をしているとしたら、それこそ契約違反だ。愛情は必要ない」さも心外そうに口元をゆがめながら続ける。「しかし、それが愛か欲望か、他人には区別がつくまい。君は女性として目覚めた。僕に目覚めさせられたんだ。君が僕を求める気持ちは誰が見てもわかる」

ラーラは困惑した。彼は声を低めようともしない。「ずいぶん自信があるのね」

「では、いまの指摘が誤りだとでも？」

ラーラは彼の問いを振り払うように頭を振った。「あなたがこの案を思いついた理由はわかるわ。だけど、きっとうまくいかないわよ。おじい様は頭のいい方でしょう？」

ラウルは口元をゆるめた。「剃刀《かみそり》よりも切れる人だよ」

ほらね、とばかりにラーラは両手を広げてみせた。

ラウルが彼女を見返した。濃いまつげに縁取られた瞳がからかうようにきらめいている。

「祖父は君を気に入るだろう」

「お尻が大きいから安産だろう、と？」

ラウルの顔から笑みが消え、獲物を狙うような表情になったのを見て取り、ラーラの胸はざわめいた。彼は一糸まとわぬ私の姿を思い返している。彼女のほうも同様の光景を脳裏に描いていた。

「やめてくれない？　誰が見ているか……」

ラウルがにやりと笑い、その場の空気がほぐれた。「君の膝はテーブルの下で震えている。声もかすれている。誰が見ても、君が興奮しているとわかるよ」

ラーラは否定しようとしたが、ラウルは指を一本立てて彼女の口元に当て、それを制した。彼の頭の中には、それまで耳を貸すまいとしてきた言葉が鳴り響いていた。〝僕はラーラ・グレイという女性が好きだ〟と。

6

〝僕は彼女が好き〟か。まったく当たり障りのない、なんの危険もない感情に思える。それなのに、どうしてこれほどの困惑を覚えるのだろう。

ラウルには女性の友人がいる。仕事の場でも、それ以外でも、敬愛できる女性は大勢いた。しかし、そういった女性とベッドをともにすることはない。彼の場合、肉体関係に〝好き〟とか好ましいといった感情は必要なかった。もしかしたら、そういった感情を持ちこむことを無意識のうちに避けてさえいたかもしれない。

ラウルは軽く頭を振ってそれ以上考えるのをやめ、ラーラの口元から手を離した。指先が頬に触れたとき、彼女は目を閉じた。

ごく軽い触れ合いだったにもかかわらず、その影響力は絶大だった。彼の手が頬から離れたとき、ラーラは背筋を震わせ、息を乱していた。

ラーラは必死に目を見開き、両手でコーヒーカップを握りしめて、ひりつく頬に手を当てたいのをこらえた。

「図星だろう。僕と一緒にいるとどんな気持ちになるか、君はそれを隠すことができないんだ。自らの女性としての可能性に気づいたばかりで……」

ラーラは大人としての分別をわきまえているつもりだったから、彼の言葉は信じられないほど屈辱的だった。

さっきは、ただ彼を黙らせたいばかりに、とっさに人目を口実にしたにすぎない。それをこんなふうに混ぜ返されるなんて……彼の指摘が真実でなかったら、どうとでも言い返せるのだけれど。

私は彼と一夜をともにしただけ。ろくろく知りもしない男性を相手に、恋に落ちたわけじゃない。

「あなた以外の男性とベッドをともにしたあとでどんなふうに感じるのか、その機会が楽しみだわ」

彼女の憎まれ口に、ラウルは顔を殴られたような衝撃を受けた。突然、脳裏をラーラの愛人たちの姿がよぎった。耳元の血管が激しく脈打ち、怒りが爆発しそうだった。

ラーラは彼女のあざけりの言葉が彼にどんな影響を及ぼしたか、少しも気づいていなかった。実のところ、彼女自身が自らの言葉に動揺を覚えていたのだ。言葉を発した瞬間、ラウル以外の男性に抱かれることを考え……全身に震えが走った。

「そんなこと、するわけがないわ！」ラーラはいきなり叫んだ。

怒りに朦朧《もうろう》としていたラウルの耳に、その声が届く。彼は我に返り、雑音を消そうとするかのように頭を左右に振った。「いいだろう。とにかく君しだいだ。確かに、結婚という提案が極端な話に聞こえるのはわかるよ。僕が喜んでこんな提案をしていると思うかい？　まるで——」

「浮気をしているみたい？」

ラーラが先んじて言ったのを聞き、ラウルは奇妙な笑い声をあげた。口元をこわばらせ、感情を慎重に排した口調で応じる。「妻のルーシーが亡くなったあと、二度と結婚はしないと誓った。しかし、祖父は僕にとってとても大事な人だ。祖父を喜ばせるためなら、人生の数カ月間をなげうってもかまわないと思っている」

「悪いけれど、私の祖父じゃないわ」おかしなことに、その言葉は我ながら意地悪な指摘に思えた。

「だから、報酬を支払うと言っている」

「お金で解決しようというのね」

「一種のヘッドハンティングだと思ってくれればいい。君には、僕の求める能力が備わっている」どうしてもっとあからさまに〝君が欲しい〟と言わないんだ？

「セックスはおまけということ？」

「その方面には興味がない、と言えば嘘《うそ》になるかな」

彼の瞳が欲望の光を放ち、ラーラは全身がかっと熱くなるのを感じた。

「だが、もし僕の顔も見たくないということなら、屋敷《パラッツオ》は広いから、それも可能だ」

「パラッツォ？　あなたの家じゃなく……いいえ、まだ住むと決めたわけでは……」

ラウルは彼女が言いよどむさまを見守っていたが、やがて勝ち誇ったような笑みを浮かべた。「ほら、嘘が下手だ」

「悪かったわね。正直なのは欠点じゃないわ。それに、私だってその気になれば嘘くらいつけるのよ」

「君ほど感情が顔に出やすい女性には、いままで会ったことがない」

緊張のあまり頭が痛くなり、ラーラはこめかみに手を当てて揉《も》んだ。「頭痛がするのも無理はないわ。あなたといると悲鳴をあげたくなる」

「それは事実だろうな。僕と会ったとき、すぐに服を脱がせたくなっただろう。それと同じ反応だよ」

なにげない口調だったが、その言葉はラーラの気持ちを正確に言い当てていた。

ラウルが混み合う店内を見渡して続ける。

「もっと人の少ない場所へ行こう」

「そんなわけにはいかないわ。これから飛行機に乗るんですもの」ラーラは言い返したが、我ながら無力感をぬぐえなかった。私は避けがたい運命に対して無駄な抵抗をしているのではないか、と。

「それは難しいかもしれないな。君が乗るはずの飛行機なら、しばらく前に搭乗案内のアナウンスがあった」静かな声で指摘する。

「そろそろ離陸したころだろう」

「どうして教えてくれなかったの？」

ラウルは立ちあがった。「君は飛行機には乗らない。僕と一緒に来るんだ」

ララは否定の言葉を口にしかかったが、ラウルと目が合うと何も言えなくなり、しばし口をつぐんだ。

視線を合わせていられず、かぶりを振りながら顔をそむける。「あなたのおじい様だけの問題じゃないわよ。私の家族はどう思うかしら？　頭がおかしいと思われるわ」

「本当のことを言う必要はないさ、ララ。誰にも言わなくていい」

「それじゃ、あなたのことをなんて言えばいいわけ？」

「魂の友《ソウルメイト》だ、とでも」

7

「すごいわね」

双子の姉リリーの声に、ラーラは車を走らせながら助手席に目をやった。屋敷《パラッツォ》へ向かう私道沿いには緑豊かな並木が続いている。一週間前、ラウルに連れられてこの地所を訪れたとき、私も同じ表情だったに違いない、とラーラは思った。ここが彼女の新しい住まいだった。

まったくもって現実離れした場所だ。

「そう、ちょっとしたものでしょう？」建物の規模や歴史ばかりでなく、周囲の環境もすばらしかった。山々に囲まれ、西はゆるやかな丘陵にオリーブが茂り、北には銀色のリボンを思わせる小川がうねうねと走っている。その中央に、文字どおり宮殿を思わせるパラッツォがそびえていた。

「絵本の挿絵みたいで、現実とは思えない。あなたが会ったばかりの男性と結婚するというのも、私にはちょっと信じられないことだけれど……」

ラーラは何も言わず、運転に意識を向けていた。前方に埃《ほこり》が立っているのが見えた。

「母さんだわ。到着するころにはちょうど追いつくわね」

「ものすごくきれいなところだけれど、あなたはさびしくないの？」

その口調に含まれた念を押すような響きを、ラーラは聞き逃さなかった。仕事のためにロンドンに出たとき、ラーラはにぎやかな町中の生活が楽しい、とさんざん姉に話したのだ。最初の半年はホームシックで泣き暮らしたものの、姉の前では決してそんなそぶりを見せなかった。

「歩いて行ける距離にクラブがないのは困りものね。だけど、私だって元は田舎育ちよ。もっとも、ここでは田舎道にバスがやってくるんじゃなく、ヘリコプターが待機しているんだけれど」

「それに、これがあるじゃない」リリーは革張りの座席を手のひらでたたいた。

ラーラは車庫にある何台もの車を思い浮かべた。最初の日にラウルがパラッツォを案内してくれたとき、彼はすべての車のキー番号を教え、好きな車を使っていいと告げた。

ラーラは四輪駆動車を選んだが、けさ、母親と姉をヘリコプター発着場まで迎えに行く際には、流線型のスポーツカーに乗り換えた。けれどいまは、自慢していると姉に受け取られたのではないか、と後悔していた。

発着場に着いたとき、ラウルの祖父セルジオがすでにリムジンで到着していた。

ラーラは彼が結婚式の準備で疲れているのではないかと案じたが、手間をかけさせたことをわびると、老人はとがめるような声音で応じた。〝ご家族を出迎えるのが礼儀というものだよ〟と。

母は陽気に笑い、なかなか経験できないことだと言いながら、喜び勇んでリムジンに乗りこんだ。リリーはラーラの運転する車に乗った。

パラッツォまでの道のりがさほど長くないのは幸運だった。道中、リリーが遠慮のない質問を浴びせてきたからだ。ラーラは直接的な答えを避け、家や土地の歴史を説明した。記憶のあやふやな事柄については適当に言い繕った。

この奇妙な契約に巻きこまれたのは嘘《うそ》が下手だったせいだ。それを考えれば、まだしもうまくやっているほうだった。

ラウルがいればよいのだが、彼はその日の朝早くパリへ赴き、明日、結婚式の一時間前まで戻らないことになっている。

ぎりぎりまで不在にするという話を聞き、ラーラは彼の真意を疑った。彼女の家族と会うのを避けているのだろうと責めると、ラウルは笑いながらも否定はしなかった。彼は話しながらコーヒーカップを手に取り、寝室のバルコニーへ出ていった。ラーラはシーツを体に巻きつけてあとを追った。

「母さんは信じたとしても、リリーは嘘だと感づくわ。リリーはそういうことに鋭いの。いくら私でも、会ったばかりの男性と結婚するほど頭がおかしいはずはないって」

「いくら君でも？」

「リリーは双子の賢いほうなのよ」

ラウルはいぶかしげに彼女を見返した。

「賢いほう？」

「私がそう言っても、姉は否定するかもしれないけれど」

ラウルはまた不審そうな顔をしたが、すぐに微笑を浮かべた。「それなら、僕は賢くないほうに出会えて幸運だったよ。大丈夫、誰かに何かを説明する必要はない。もし困ったら、最後の手段を使えばいい」

「最後の手段？」

「愛に目がくらんで、と説明するのさ。僕たちは身も世もないほど愛し合っているんだからね」

ララは笑おうとしたが、だしぬけに無性に泣きたくなった。黙りこんでいると、ラウルの視線を感じた。

「リラックスしたまえ。誰も結婚の理由などきいたりしないさ。もしかしたら、急いで結婚するのは君が妊娠したからだ、と考える者がいるかもしれないな」

ララはその可能性を考えていなかった。

「いやだわ!」

「何がいやなんだい?」ラウルは彼女の反応を面白がっているようだ。

「私が妊娠していると思われたら、あなたはいやじゃないの?」

「嘘の妊娠なら、なんとでも対処できる。本物となると……」

そういう事態になった場合については、彼の表情を見れば予想がついた。いずれにしても、そんな事態が起こるはずはない。ラウルは細心の注意を払っていた。

「うまくできるとはとても思えないわ、ラウル」ラーラの声音には隠しきれない不安が表れていた。

「うまくいくとも」ラウルはタブレットPCから顔を上げて言った。

「この屋敷だって予想していたのとまったく違うんだもの。調子を合わせていけるかどうか、わからない」ラーラは周囲の景色や部屋を手で示しながら訴えた。

「無理しなくていい。毎日のように朝から晩まで演技をしていろ、というわけじゃない。君はここで普通に生活する。ここには監視カメラなどない」

「あら、カメラならあるでしょう」

「防犯カメラは君を守るためのものであって、監視するものじゃないよ」

「言うのは簡単だわ。あなたはこういう環境に慣れているんでしょうけれど」ラーラは額に手を当て、うめき声をもらした。「やっぱり、ばかなまねをしてしまった」

「いずれにしろ、僕がここにいられるのは一週間に一日か二日だ」

ラーラは驚いた顔になった。

「四六時中、抱き合っているつもりだったのかい?」

「まさか! でも、おかしいと思われるんじゃないかしら? 普通なら、新婚のカップルは……」

「いそいそと新婚旅行に出かけ、子づくりに励むはずだ、と? これは本物の結婚とは違う」彼の声音から皮肉の響きが消え、厳しい口調になった。

「ご説明、ありがとう」ラーラはテーブルに目をやり、封緘《ふうかん》された封筒をちらりと見た。その中には彼女が前の晩に署名した婚前契約書が入っている。

ラウルは彼女の視線の先を目で追った。

「本当なら、ああいった契約には代理人を立てたほうがいいんだよ」

「あなたが法律家なんでしょう」それもまた、ラーラの知らなかったことだった。

「それでは利益相反になる」

「どうしてそうなるの?」肩をすくめてききかえす。「私をだまそうとしているわけ?」

ラウルは笑わなかった。

「だますといえば……この計画を成功させたいなら、女性たちと遊びまわるのは少し控えたほうがいいわよ。おじい様が気にするでしょうから」

「浮気そのものは許すというのか」

皮肉たっぷりの表情で見つめられ、ラーラはさらに頰を赤らめた。「私の許可などいらないでしょう」

ラウルは暗く輝く目で乱れたベッドを見た。

「ゆうべのような営みのあとで、ほかの女性を抱く力が残っていると思うかい？　僕は一日に二十時間近く働く。君が嫉妬するほど遊ぶ時間は残されていない」

「嫉妬なんかしないわ！」

感情的になりすぎているわよ。

ラーラの頭に警告の声が響き、彼女は抑えた声音で言葉を継いだ。

「あなたがここを留守にしているあいだ、おじい様に関する責任は私が負うことになるんでしょう」

彼の目から疑念の色が消えるのを認め、ラーラはほっとした。

「いつでも連絡は取れるようにしておく。祖父に何かあればすぐ駆けつけるし、病状が悪化するようなら出張を減らすつもりだ」

ここでラウルはいったん言葉を切り、ラーラの顔を見つめた。決して忘れられそうにない、厳しい表情だった。

「僕に恋をしてはいけない」

そのときの警告を思い出すだけで、ラーラは困惑のあまり頬が熱くなった。

彼に恋をする、ですって？　彼を好きでさえないのに！

けさのラウルとのやりとりを、ラーラは無理やり頭の隅に押しこめた。リリーの質問はなおも続いている。

「彼はどんな人なの？」

「プロポーズをするためなら、相手の女性が飛行機に乗り損ねてもかまわない――そんな人よ」なかなか的確な嘘で、基本的には真実でもある。

「本当？」リリーが目を見開いた。「彼、そんなことをしたの？」

ラーラはうなずいた。

「すごい。ロマンティックね」

「彼はロマンティストなのよ」ラーラは明るい声で嘘をつき、ラウルにまつわるロマンティックな話をいくつか披露した。「さあ、着いたわ」

大きな錬鉄製の門を抜けながら、ラーラは安堵《あんど》のため息をついた。背後で門が静かに閉じる。ラーラは先に到着していたリムジンの横に車を止めた。パラッツォの玄関のドアが開いたままになっている。母とセルジオはすでに屋内らしい。

ラーラは車を降り、リリーが隣に立つのを待った。ラーラのほうが二センチほど背は高いものの、今日はリリーがハイヒールを履いているので、差はほとんどない。

二人のファッションの好みは日頃から違うが、今日は特に違いが際立っていた。リリーは膝下丈のふわりとした花柄のスカートに袖なしのシャツという装いで、シャツのボタンを一つ外している。髪は一本の太い三つ編みにして垂らしている。

ラーラは紫とライムグリーンの太い縞模様《しまもよう》のミニスカートに、シルクのトップという姿だ。ラウルが必要だと言い張って新たにそろえた衣類が何着もあり、その中から選んだものだった。トップは袖なしだが、襟ぐりは胸の谷間がのぞくほど深い。ヒールの低い青い革のパンプスを履き、出かけしなに腕にバングルを数本はめてきた。顔にかかる髪を払うと、バングルが音をたてる。

リリーが伸びあがるようにして建物全体を眺めるのを、ラーラは見守った。

「これほどの豪邸なら、誰だって住みたいと思うでしょうね」

ラーラは顔をゆがめた。「結婚を決めたのはこの屋敷に案内される前よ。ラウルと会えば、彼の魅力は預金残高だけじゃないとわかるわ」

リリーはうろたえ、不用意な発言を撤回し

ようとしたが、ラーラはそれを無視した。

「彼がどんなに平凡な格好でそこに立っていても、恋人志願の女性たちがたちまち列をなすはずよ！」

リリーがラーラの腕に触れ、ティッシュを差しだした。ラーラは自分が涙ぐんでいることに初めて気づいた。いったいどうしたというのだろう？

「私はなにも、あなたが――」

「お金目当てではないと？」ラーラは姉の言葉を遮って言った。「本当に？　私の考えすぎなのかしら」

何歩か歩いてから、ラーラは深く息を吸い、気分を落ち着かせた。そう、考えすぎだ。我ながら理不尽な反応だと思うが、傷つけられたとき、彼女の自然な反応は攻撃に出ることであり、いまもそうしたまでだった。とはいえ、リリーがほのめかしたことになぜこうも傷ついたのだろう。

「彼のことを愛しているんでしょう？」

リリーの優しい言葉を聞き、ラーラはさっと振り返った。「私は……」ラウルを愛してなどいないと言いかけ、危ういところで口を閉じる。誠実そうに見えるよう願いながら、笑みを浮かべてみせた。「そう、彼に夢中なの」彼女は嘘をついた。過去の亡霊に恋しているらしい男性を好きになってしまった自分を哀れみながら。

ラーラのいだいていた疑惑は、セルジオと初めて会った際の会話によって確信に変わりつつあった。

〝孫息子に愛する女性ができてよかった。ルーシーが死んでから、あいつは生気を失い、影のようになってしまったんだ。だが、君のおかげで立ち直れたようだ〟

〝彼女の写真を見かけませんが？〟

セルジオは杖《つえ》の助けを借りて立ちあがり、机に歩み寄って引き出しを開けた。金縁の額に入った写真を取りだし、ため息とともに差しだす。

〝ルーシーが死んだとき、飾ってあった写真をラウルが全部外してしまった。顔を見るのが苦痛だったのだろう。外した写真をどうしたのかは知らんが、この一枚は私が手元に残した。孫はこのことを知らないはずだ〟

ラーラは額の中でほほ笑んでいる女性を見つめた。パラッツォで撮影した写真だった。背景に客間のフレスコ画が写っている。光の加減で、女性はそのルネッサンス絵画の一部のようにも見えた。短く切りそろえた金髪や、真っ赤な唇、ばら色の頬など、天使を思わせる容貌だった。

脳裏から美しい女性の姿を振り払い、ラーラは罪悪感を抑えつけながら姉に微笑してみせた。リリーがうなずいた。

「それが何よりも大事なことでしょう、ラーラ。あなたにふさわしい、すてきな人だといいと思うわ、心から」

翌日、まだラウルが現れないうちに、リリーは彼に対する評価を決めてしまった。

「いったいなんなの、結婚式に遅刻してくるほど大事な用事って？」彼女は萎《しお》れかけた花束を握りしめ、いらだたしげな足取りで部屋の中を行きつ戻りつした。

「もうじき来るわよ」

おかしなことに、リリーが怒れば怒るほど、ラーラは冷静になった。これが別の機会なら、いつもと逆だと言って面白がったかもしれないが、今日は笑えなかった。

まったく現実味が感じられず、何もかもがハリウッド映画のように思える。パラッツォは映画のセットよりも豪勢だし、招待客は息をのむような面々だった。ヴィットーリオ家の顔の広さを見せつけるかのようだ。

「リリー、座ったら？」子供がいるとは思えないほど若く見えるエリザベス・グレイが娘の腕をつかんで言ったとき、ドアが開き、警備責任者のマーコが顔をのぞかせた。

「失礼します」

「彼が着いたの？」

「シニョール・ディ・ヴィットーリオは五分前に到着しました。遅刻して申し訳ないとおっしゃっています。実は、空港を爆破するという脅迫電話があったものですから。いいえ、ご心配なく。すでにいたずらと判明していいます。こちらの準備が整いしだい式を始める、とのことです」

「ありがとう、マーコ」

「では、シニョリーナ」

「あの人、拳銃を持ち歩いているのかしら?」マーコが去り、ドアが閉じられたあとで、リリーが尋ねた。

「たぶんね」

姉の表情を見たラーラは、ヴィットーリオの家の尋常ならざる生活に早くも慣れかけている自分に気づき、驚きを覚えた。普通の生活に戻ったら、どんな気持ちになるかしら。

彼女はそこで考えるのをやめた。先のことを考えてもしかたがない。契約はすでに締結ずみだ。後戻りはできない。

「四六時中武器を携帯しているというわけじゃないけれど、今日の式には特別なお客様もいらっしゃるから……」

「セルジオは質素な式で申し訳ない、と言っていたわよ」エリザベスが口を挟んだ。

姉妹二人がまず母親に目をやり、三人で互いの顔を見合ってから、全員一緒に声をあげて笑いだした。

〝質素な式〟は十五世紀に建てられた礼拝堂での礼拝から始まった。その後、トスカーナ地方の丘陵を見渡せる大広間で朝食が供された。広間のフレンチドアはすべて開け放たれ、外の装飾庭園ではオーケストラが休みなく演奏を続けている。

「質素、ね」ララはエリザベスに困ったような笑みを向けたが、母が涙ぐんでいるのを見て罪悪感にさいなまれた。半年後にこのおとぎ話が幕を下ろしたとき、母は別の涙を流すことになる。そう思うと胸が痛かった。

「とってもすてきよ、ララ」

母の言葉にララは微笑し、身につけているドレスの象牙色のシルク地を手で撫《な》でた。

「きれいなドレスよね」

花嫁のために用意されたドレスの中で、これが最も簡素なデザインだった。ララは数着の中から選ぶものと思っていたのに、部屋に入っていくと、見事なドレスがずらりと並んでいた。そのどれにも、値札などという悪趣味なものはついていなかった。

「いいえ、ララ、あなたがきれいなのよ」

母が感極まったような声を出す。

ララは再び微笑し、天使の顔を思い浮かべた……金髪とばら色の頬を持つ天使を。

私が祭壇まで歩いていくとき、ラウルは誰の顔を見ているのだろう。私か、それとも亡くなった妻か？　ベッドで体を重ねているときも、彼は閉じたまぶたの裏に亡き妻の面影を描いているのかもしれない。

ララの頬からは血の気がうせ、顔色はド

レスよりも白かった。

「いまならここから逃げだすこともできるわよ。まだ遅くないわ」

リリーが顔を寄せてささやいたので、ラーラははっと我に返った。真実を告げたいと願いつつ、姉の手を握る。彼女は理解してくれるだろうか？

「大丈夫よ、リリー」言いながらそっと手を上げ、セルジオから贈られた古いエメラルドのネックレスに触れた。このネックレスをしていれば、誰も私の顔など見ないわ。ラーラは母親に目を向け、手を差しだした。「娘を手放す心の準備はできた？」

式のあと、このネックレスはヴィットーリオ家の家宝とともに金庫にしまいこまれることだろう。短時間とはいえ、小国の国家予算に匹敵するほど高価な品を身につけていると思うと緊張する。それでも、セルジオの厚意を無にするわけにはいかなかった。

セルジオには、通路を歩く際に母親と一緒にエスコートしてほしい、と頼んであった。彼は喜んで承知してくれたが、いま思えば妙案ではなかったかもしれない。セルジオは体調のよいときは不治の病とは思えぬほど元気だが、そうではないときもある。

礼拝堂はウエディングドレスに着替えた部屋とは反対の棟にあり、長い廊下で結ばれていた。大理石の廊下は花飾りやクリスタルの花瓶に彩られ、あたりにはオレンジの花の香りが満ちている。リリーとともに礼拝堂へ向かう途中、スーツ姿のボディガードのいかめしい顔をあちこちで見かけた。ラーラはドアの陰や廊下の隅で彼女の姿を見ようとしている使用人たちに気づき、微笑を投げた。

ラウルの申し出を受けたときに彼女が想像した登記所での地味な結婚式とは、似ても似つかないものだった。けれど、それもどうでもいいことだった。舞台設定で何かが変わるわけではない。彼女はもうじき神聖な誓いを立てるが、それがまったくの偽りだという事実に変わりはないのだから。

礼拝堂の外で待っていたセルジオが彼女を見てほほ笑んだ。「私の孫は幸運だ」

ラーラはこれ以上ないほどの罪悪感を覚えた。「ありがとうございます」彼女は老人が差しだした腕に手をかけた。そのとき大きな扉が開き、その向こうで待っていた大勢の人々が見えた。横でリリーが息をのむ。

「すごい人！　まあ驚いた、ちょっと、あそこにいるのは王族の……？」

「そうね」ラーラはひきつった笑みを浮かべて応じた。

皮肉なことに、ラーラが気にしているのは客人たちではなかった。頭を占めているのはルーシーのことだ。ここにいる客のうち、何人がラウルとルーシーの交わした誓いを耳にしたのだろう？

ラーラは心の中で自分を戒めた。私と金髪の天使とを比較する者がいようとかまわない。この式がまやかしだと気づかれることなく、最後までやり通すことが重要だ。

ラーラは通路を歩き始めた。落ち着いているように見えても、実際は違った。少し進んだところで、セルジオの具合がよくないのに気づいたからだ。彼の体は震え、ラーラの腕をつかんでいる指には必要以上の力がこめられている。

自分が転ばずに祭壇の前まで歩いていけるかどうかよりも、老人が倒れずにすむかどうかのほうが心配だった。ラーラは微笑を浮かべたまま、彼女がセルジオにもたれているのであり、逆だとは悟られまいと努めた。

この気位の高い老貴族にとり、人前で弱みを見せるのは何よりも屈辱的なことに違いない。そんなことになれば彼女はラウルに責められる。それも当然だ。そもそもセルジオにエスコートを頼んだのが間違いだった。

オルガンが鳴り始める前から、人々は花嫁の登壇を待って沈黙し、静寂が堂内を満たした。ラウルもまた押し黙って待っていた。

この瞬間を味わうのは二度とごめんだ――ずっとそう思ってきた。一度でたくさんだったし、それは苦い思い出しか残さなかった。

ただし、いまの僕は恋に落ちているわけではない。それが救いだった。今回に関する限り、愛情は無関係だ。

祭壇の前で穏やかならぬ気分になることは予想していた。心構えはできている。だが、いまのこの感情は……胸を締めつけているものがなんなのか、言葉にできなかった。

この場にいるすべての男性が彼に羨望のまなざしを向けている。それについては決して悪い気分ではなかった。ラーラは美しく、その美しい女性が彼の妻になろうとしている。

ラウルはふと異変に気づいた。ラーラは花嫁役をきまじめにこなし、一生をともにしたい男性であるかのように彼を見ている。しかし、万事順調というわけではなさそうだ。

一瞬、ラウルは彼女が逃げだそうとしているのかと思った。だがそのとき、ラーラがかすかにセルジオのほうに頭を傾けるのを認め、彼はそのメッセージを理解した。

万が一に備え、ラウルは祖父が座るはずの席にさりげなく近づいた。

通路を進むあいだ、ラーラはずっと息をつめていたような気がした。セルジオと母親が無事に最前列の席につき、手にしていた花束をリリーに手渡して、初めてまともに呼吸をすることができた。

ラーラは笑みを浮かべ、ラウルと向き合った。二人の目が合ったとき、これが偽りであることにあらためて衝撃を受けた。ラーラは涙がこみあげてくるのを感じ、ベールをかぶっていればよかったと思った。

ラーラの動揺をよそに、式は順調に進んだ。

ラウルの低いが明瞭な声は覚えていたものの、彼女自身の言葉は思い出せなかった。けれど、おそらく誓いの言葉を言ったのだろう。

ラウルがキスをするために彼女に顔を寄せた。二人の唇が軽く触れ合ったとき、ラーラはささやいた。「おじい様の具合がよくないようなの」

ラウルは了解の印にうなずいたが、そのまま式次第に従った。

その途中、セルジオは脇の扉から出ていった。二人のボディガードに挟まれ、後ろ姿がひどく弱々しく見えた。

列をなす華やかな客人たちに挨拶をして歩きながら、ラーラはラウルがもどかしそうにしているのを感じた。ようやく披露宴の席につくと、彼は立ちあがって話し始めた。

「本日お集まりいただいた友人や家族一同に感謝いたします。そしてもちろん、美しい妻にも……」

彼の言葉に、拍手が沸いた。

「お気づきと思いますが、一人席を外している者がいます。祖父の気分がすぐれないようです……少しのあいだ、この場をラーラに任せます。どうぞお楽しみください」

　ラーラは彼が立ち去るのを見送った。途中で彼は足を止め、驚くほど美しいブルネットの女性に何かをささやいた。その女性がうなずき、ほほ笑みながらこちらに近づいてきた。

「ねえラーラ、乗馬はする？」

　ラーラは大きく息を吐いて考えた。さあ、仕事の時間ね。「馬は好きよ。故郷では、家の近くにあった施設を手伝っていたわ」


「披露宴で中座したことだ」

「おじい様の容態は？」医師の指示で、セルジオは検査のために病院へ向かった――そこまではラーラも聞いていた。

「病院に一泊することになった。急に悪化したわけではなく、抗癌剤《こうがんざい》の影響らしい」ラウルは肩の凝りをほぐすように首をまわした。

　ラーラは膝立ちになって彼に近づき、シャツの襟から手を差し入れた。ラウルの筋肉は鉄の塊のようだった。「瘤《こぶ》みたいだわ」

　彼女が肩を揉《も》むと、ラウルは低くうめいた。

「僕が中座したあとはどうだった？」ラーラを一人で残していったことを、彼は本当にすまないと思っていた。


「すまない」ラウルがベッドに腰かけたのは夜の九時前だった。

　ラーラは淡い緑色のパジャマを着て横になっていた。彼女はラウルを見てかぶりを振った。「何を謝っているの？」

「みんな楽しんでいたわ。お酒もたくさん振る舞われたしね。私は早めに失礼したの」

　リリーは大学で演劇を専攻し、明日はテレビ番組のスクリーン・テストがある。そのため、リリーと母は遅くまでいられなかった。二人が帰ったあと、ラーラには知り合いが一人もいなくなった。ラウルが声をかけた女性、ナオミは家族ぐるみのつきあいの友人だと自己紹介し、花嫁が早めに退出しても問題ないと請け合った。彼女の言葉に従ってよかったのか、いまになって不安を覚えた。

「いけなかったかしら？」

「大丈夫だよ」

「ナオミのご主人は車椅子生活だとか？」

「彼女はルーシーの友人だったんだ。ご主人のレオは多発性硬化症なんだよ」

　ラーラは下唇を噛《か》んだ。

　ラウルが手を伸ばし、彼女の髪に指を差し入れた。漆黒の瞳が意味ありげに光る。

「今日の君はきれいだった」

　珍しく、彼の英語にイタリア訛《なま》りがうかがえた。興奮しているときにだけ起こることだ。

「結婚式の日を台なしにして悪かった」

「台なしにしたものなんてないわ。だって、結局は全部がまやかしなんだもの」

「ああ、君はうまくやってくれたよ」

「そう？　よく覚えていないの。おじい様が倒れるんじゃないかと心配で。何もかもがおじい様のためですものね」

これが本物の結婚だったら、とラーラがまったく考えなかったわけではない。けれど、ラウルが相手ではありそうにないことだった。もし本当に結婚をするとしたら、花婿はラウルのような男性ではないはずだ。

「ああ。だが、いまは僕たち二人だけだ……」ラウルは低い声で言い、唇が触れ合いそうなところまで顔を寄せて、彼女のふっくらとした唇に舌先をそっと這《は》わせた。

ラーラは息もできず、輝く瞳で呆然《ぼうぜん》とラウルを見つめた。彼を求める気持ちが全身にみなぎっている。

「僕は今週もほとんどいない」

「おじい様はどう思うかしら？」新婚旅行にも行かず、花婿が結婚式の翌日に花嫁を一人にして出かけたら……？

「大丈夫、祖父はわかってくれる」一族の事業を先導してきた祖父ならば、その仕事がどれほど過酷か、孫息子よりもよく理解しているはずだ。

「それならいいわ」ラーラは静かに受け入れた。契約に基づく結婚には確かに利点がある。

「夢中にさせてあげようか？」

ラーラは燃えあがる欲望に身を任せ、彼の首に腕を絡めた。「ええ、お願い」

翌朝六時ごろ、ラーラは眠い目をこすりながら起床した。前夜はラウルとの営みにふけり、二時間ほど眠っただけだ。ベッドの隣はからっぽで、ベッド脇のテーブルに伝言らしき紙片が残されていた。傾いた太い文字で〝ラーラへ〟と表書きされている。

ラーラは紙片を開いて読んだ。

〈正午にジュネーブで会合がある。行く途中で祖父の病院に寄る。何かあったら知らせてくれ。何もなければ金曜日の午後に戻る〉

流れるような筆致で記された署名はあるものの、〝愛をこめて〟の文字はどこにもなかった。

8

三カ月後。

ラーラは極限の恍惚感《こうこつかん》から解放され、甘い余韻にひたった。まだ息を乱しつつ、閉じていたまぶたを開く。ラウルが彼女から身を離し、並んで横たわった。

「ああ、いまのは――」

「単なるセックスだ」

彼の言葉には冷水を浴びせられるのに等しい効果があった。いつもそうだ。

ラーラは傷ついた心を隠し、皮肉っぽい口調で返した。「何か特別なものが生まれるかもしれない、と思うたびに、それは違うとあなたが思い出させてくれるのよね。まったくありがたい話だわ。でないと、あなたはとても魅力的だから、うっかり恋をしてしまいかねないもの」

ラウルは返事をしなかった。しなやかな動作で起きあがり、今夜寝室に現れるなり脱ぎ捨てた服を、床から拾い始める。

「あなたは完璧で——」

「やめろ、ラーラ」

ラーラは微笑し、苦々しげに続けた。「ほとんど完璧だけれど、残念ながらユーモアのセンスは皆無。冗談を言っても笑ってくれない人を相手に、恋なんてできないわ」

「僕が恋に落ちることはない、ただし……」

ラウルは彼女の明るく輝く緑色の瞳を見て言い、そこで言葉を切った。その続きは彼の頭になかった。

僕は恋をしない。かつて僕は恋に落ち、心を引き裂かれた。いまは、どんな関係だろうと恋だの愛だのを差し挟む気はない。なのに、ラーラとのあいだには特別な絆《きずな》を感じることがあり、それが僕を困惑させる。

だが考えてみれば、ルーシーの死後に関係を持った女性とは一人につきせいぜい数晩だったのに、ラーラとは三カ月も一緒にいる。

おそらく、長く一緒に過ごしたせいで特別な感じがするだけだろう。あと三カ月もすれば彼女は僕の人生から去り、この奇妙な感覚も忘れてしまうに違いない。

ラーラは彼が自分の殻に閉じこもるのを感じた。よくあることだった。彼がふと黙りこんでしまっても、いまではいちいち気にしないようにしている。

「ボタンが取れているわ」シャツのボタンをとめようとあせる彼に、ラーラは指摘した。

彼女が隠している事実を知らせたら、きっとラウルはユーモアのセンスか強い酒、どちらかを必要とするだろう。

「かまわない」もどかしげに黒髪をかきあげながら応じる。「遅刻しそうなんだ」

ラーラは微笑した。彼が多忙なら、告白を延期することのもっともな理由になる。

「それじゃ、また金曜日に？」彼女は四日間会えないことなど気にしていないかのように言った。本当はさびしかった。でも、ラウルならばこう言うだろう、それはひとり寝がさびしいだけだ、と。

結婚式直後のパターンがその後も続いていた。ラウルは日曜日の夜か月曜日の朝に出かけ、木曜日か金曜日に帰ってくる。結婚指輪と社会的地位が与えられているだけで、実際は愛人と同じだ、とラーラは思っていた。

とはいえ、ヴィットーリオ家の嫁であると

いうことは確かに社会的地位の一つに相違なかった。ラーラに対しては誰もが敬意を払う。ランチの席で話をしたいと望む者はあとを絶たず、慈善事業や福祉施設に名前を貸してほしいと頼まれることも多い。

当初、ラーラはそれらをすべて断ったが、そんな調子ではラウルがベッドに来るのを待つだけの女になってしまう、と気づいた。ベッドでの営み以外、ラウルが彼女と分かち合おうとする行為は一つもない。

もちろん、そのこと自体にはなんの問題もない——そうラーラは自分に言い聞かせてきた。ラウルに対して必要以上の感情が芽生えたら、困った結果になる。この契約関係が避けがたい結末を迎えたとき、自分が傷つき、悲しむようなことがあってはいけない。

この三カ月のあいだに、ラーラはセルジオと親しくなった。幸い、彼を好きになることは許されている。

「いや」

不意にラウルの声が返ってきたので、ラーラは驚いて顔を上げた。彼はドア口に立っている。彼女は首をかしげてきき返した。「いやって？」

「今週は出張しない」

「どうして？」

ラウルは視線をそらした。「今週中に、祖父の担当医と会うことになっているからだ。

だから……今夜は早く戻るよ」

早いとは言っても、彼の帰宅は深夜の十二時や一時だろう。重大な告白をするには遅すぎる時刻だ。

ラーラは避けがたい瞬間を先延ばしにしてきた。でも、急ぐことはないわよね？　ラウルの日頃の言動からして、話を聞いて喜ぶとも思えない。彼女は幾通りもの話し方を考えたが、どれもうまくいきそうになかった。おそらく、真っ正直に〝ごめんなさい〟と言うのがいいだろう。いまや、単なるセックスの問題ではなくなったのだ。

赤ちゃんができた。

ラウルが出かけるや、ラーラは浴室に駆けこみ、隠しておいた妊娠検査キットを取りだした。彼女は同じものを六つ買い、これが最後の一つだった。

最後の希望だ。

でも、希望はない。それは結果を見る前からわかっていた。

その日の午前中を、ラーラはセルジオと過ごした。しばらくするとロベルトが現れ、三人でアルバムの写真を眺めた。子供のころのラウルとジェイミーを写したものだった。ジェイミーはラウルから険しさを取り除いたような風貌だった。髪や肌の色も明るい。

写真を見るうち、ラーラは息が苦しくなり、目頭が熱くなるのを感じた。セルジオとロベルトはラーラを気遣い、彼女の感情的な反応には気づかないふりをした。ラーラはあわてて部屋を飛びだすと、廊下の壁にもたれ、体を震わせて泣いた。

昼食の時間になるころ、ラーラは目を開けていられないほどの疲れを感じ、用意された料理をろくに食べないまま横になった。ちょっと目を閉じるだけのつもりだったのに、起きて時計を見ると三時間が過ぎていた。乗馬のレッスンに行き損ねた。

浴室で顔を洗い、髪をとかし、青白い頬を少しでも赤くしようとこすってから、寝室に戻る。

部屋の真ん中にラウルがいたので、ラーラはぎょっとして心臓が止まりそうになった。彼は椅子の背に上着をかけていたが、ラーラが近づくと顔を上げた。

「ラウル、いたのね。てっきり……」

「君は外出しているのかと思った。ずいぶん顔色が悪いな」

ラウルが手を伸ばし、彼女の腰を抱いて引き寄せた。続いて、息もつけぬほどの激しいキスを浴びせる。

「すまない。一日じゅう、こうしたいと思っていたんだ」

ラウルは彼女の頬に落ちかかった赤い髪を払い、再びキスをした。今度は先ほどよりも優しく、舌先を探るように動かす。

ラウルは名残惜しげに身を離すと、浴室へ向かいながら肩ごしに告げた。「ちょっと待っていてくれ。エアコンが壊れた部屋で、ずっと仕事をしていたんだ」

ラーラはベッドに座ってシャワーの音を聞きながら、ラウルが彼女の話にどう反応するだろうと考えた。よい反応ではないに決まっている。

不安のあまりめまいを覚え、彼女は自らを励まして立ちあがった。部屋を横切り、椅子にかけられていたラウルの上着をきちんとかけ直す。その拍子に、ラウルの携帯電話が床に落ちた。かがんでそれを拾いながら、ラーラは自問した。

私は何がいちばん怖いのだろう。母親になることか。それとも、父親になると知ったラウルの反応だろうか。

とにかく、彼に打ち明けることだ。どうあがいても事実は消えない。

ふと、ラーラは反抗的な顔で携帯電話を見つめた。この電話が甲高い呼び出し音を発するたび、ラウルには彼女よりも大事な用件がある、と思い知らされる。ラーラは顔をしかめて電話の電源を切り、それを彼の上着のポケットに戻した。

そのときラウルが戻ってきた。黒髪が濡《ぬ》れ、肌は磨かれたブロンズのように輝いている。

腰にタオルを巻いただけの姿だった。

ラーラはあわてたが、ラウルが手を伸ばして彼女をベッドに押し倒したので、動揺はたちまち興奮に変わった。彼はラーラのシャツの下に手を忍ばせ、温かな肌をまさぐった。

「話があるのよ、ラウル」

つかの間、ラウルは彼女の首筋に鼻をこすりつけるのをやめて顔を上げたが、すぐに唇を重ねた。「話なら、あとでできる」

ラーラは努力した。本気で努力した。ベッドに座り直して体をシーツで覆ったときには、一時間半が過ぎていた。

「本当に話があるのよ、ラウル」

「いまかい？」


それよりも続きを、と彼の目が誘いかけてくる。ラーラはその目を見るまいとしてまぶたを閉じた。「そう、いまよ」

「わかった。聞こう」

「まず、服を着てちょうだい」

ラウルは不思議そうな顔をした。

「気が散るからよ」

ぶっきらぼうな口調に、彼がほくそ笑む。

「わかった。少し待ってくれ」

ラーラはうなずいた。ラウルがジーンズとセーターを身につけるあいだに、彼女は床に落ちていたスカートとシャツを拾った。

ラーラが話を始めないので、ラウルは彼女の様子をうかがうように眉を上げた。

ラーラは咳払《せきばら》いをした。ところが、口を開こうとしたちょうどそのとき、いきなりドアが激しくたたかれた。

眉をひそめたラウルがドアを開けると、そこにいたのはセルジオのボディガード、カーロだった。ラウルが彼にイタリア語で質問を浴びせ、カーロが同じ言葉で答える。

「二時間前、祖父が倒れて病院に運ばれた！　どうしていままで知らせがなかったんだろう？」ラウルが明瞭な英語で言った。

「私のせいだわ」

「なんだって？」さっと振り返り、惨めな様子の彼女を見つめる。

「あなたの携帯電話の電源を切ったの」ラーラは告白した。

「なぜそんなまねをした？」

ラーラはカーロを見た。彼もラーラと同じくらいばつが悪そうだった。しかし、ラウルは二人の様子など意に介さなかった。

「答えはどうした」眉を持ちあげ、険しい口調で促す。

小学生を叱るような態度には腹立ちを覚えたものの、万が一ラウルが祖父の死に目に会えなかったら、と思うとそれどころではなかった。いったいどれほどの罪悪感に苦しむ羽目になるだろう。

「あなたはとても疲れている様子だったから」たとえ真実が含まれているとしても、理由としては不充分だ。

「疲れている様子だったって?」

ラウルはそれ以上何も言わず、鍵をつかんだ。そうしながらカーロに何か声をかけたが、あまりにも早口のイタリア語だったので、ラーラにはまったくわからなかった。

ボディガードが立ち去るのを待ってから、ラウルはラーラに顔を向けた。「どうやら、君は演じている役柄にのめりこみすぎたらしいな。君は妻らしく見えればいい。本物の妻になる必要はないんだ」

侮辱的な言葉に、ラーラは頬が熱くなるのを感じた。これまでにも、そこにあるとは気づかずに一線を越えてしまい、思い違いを諭されたことはある。けれど、面と向かって非難されたのは初めてだった。「だったら、来客用の寝室に移るべきかしら?」

「その必要もないかもしれないな」ラウルは怒りに満ちた目で彼女をにらみつけてから、部屋を出ていった。

ようやく電話が鳴ったのは夜の九時を過ぎたころだった。ラーラは気分が悪くなるほどの不安を抱えつつ、電話に出た。

「祖父が君に会いたがっている」

「具合はどうなの? おじい様は……」返事はなく、通話はとうに切れていた。

五分後、ラーラは車に乗りこんだ。書類上は彼女のものになっている車だが、いまの彼女の生活と同じく、これも借り物に等しいとわかっている。

それでも、赤ん坊は三カ月や半年で終わる契約とはわけが違う。子供は二人のあいだにずっと存在し続けるのだ。

ラーラはその考えを押しのけた。現在にさえうまく対処できていないのに、見知らぬ恐ろしい未来のことなど考えられない!

ラーラが病院の駐車場に車を止めると、すぐさまカーロが現れ、彼女を屋内へ案内した。大柄なボディガードはふだん無表情な顔を心配そうに曇らせ、セルジオが倒れた際の様子を語った。カーロを従えて馬場へ出かけ、お気に入りの馬の訓練を見ていたとき、急に意識を失ったのだという。

「それで、容態は……?」

カーロはかぶりを振り、ガラスの玄関ドアを開けてラーラを中に通した。そこでラウルが待っていた。彼の憔悴《しょうすい》しきった顔を見たとたん、ラーラの胸は締めつけられた。

ラーラは彼がまだ怒っているだろうと思っていた。しかし、ラウルが彼女を見て安堵《あんど》の表情を浮かべたので、優しくキスをされたような穏やかな気持ちになった。

ラーラは彼の手を両手で握った。「電話の電源を切ったりしてごめんなさい。ばかなことをしたわ。こんなことになるとわかっていたら……。けさ、おじい様と会ったときは体調がよさそうだったのに」

ラウルはかぶりを振った。彼女に握られている手から目が離せない様子だった。「僕こそ、大げさに反応しすぎた。祖父の病室はこっちだ」

ラーラはずっと彼の手を握っていたことに気づき、気まずそうに謝罪して手を離した。

彼女はラウルに導かれ、病室へ向かった。

ラウルは病室の前で足を止め、ラーラを壁際に引き寄せた。「前もって言っておく」彼女の髪の香りを意識しながら告げる。

ラーラは彼を見あげた。ラウルは彼女の肩から手を離し、両手をズボンのポケットに突っこんだ。

「いまの容態だが……」

ラウルが苦しげに言葉を切る。ラーラは彼の心情を思いやり、またしても胸がつぶれそうになった。

ラウルは口元をこわばらせて説明を続けた。

「祖父は重い発作を起こした。抗癌剤《こうがんざい》の影響もあって……」

ラーラは思わず彼の手に触れた。ラウルが彼の手首に置かれた彼女の手を見下ろす。ラーラは手を振り払われるかと一瞬思ったが、ラウルは手首を返して彼女の手を握った。どれほどの力がこめられているか、意識もしていないようだった。

ラウルは深く息を吸い、かすれた声で言葉を継いだ。「祖父はかなり弱っている」

「わかるわ」

ラウルはその言葉を鵜《う》のみにしなかった。医師の説明を聞いていても、彼は祖父の様子を見て驚いた。「祖父の前では、決して……」

警告するようにラーラを見つめる。

私が何をすると思っているのかしら。驚いて逃げだすとでも？　そんな女だと思われているのだろうか。

たぶんそうだ。彼は私をそんなふうに見ている。自分勝手で浅はかな女。他人の気持ちを思いやれず、傷つくことを恐れて自分の意見も主張できない。

そう考え、ラーラは自分でも認めたくないほど深く傷ついた。

「祖父はプライドの高い人だ。なのにこんな……」不治の病というだけでもつらいのに、威厳ある最期を迎えることさえできないとは。

ラウルは目を閉じて喉元をひきつらせ、感情を抑えようとした。それを見てラーラはすぐに腹立ちを忘れ、むしろ後ろめたい気持ちになった。「わかっているわ」静かに応じ、彼の手から手首を引き抜く。

ラウルが先に病室に入った。彼の体に遮られ、ベッドの上はすぐには見えなかった。

「ラーラが来たよ」

ラウルに警告されていたとはいえ、ラーラ

はセルジオの様子を見てショックを受けた。彼と初めて会ったその日から、ゆっくりと病気が進行するにつれ、仕立てのよい服でも隠せない変化を見続けてきた。けれど、いまベッドに横たわる人物は別人だった。何本ものチューブやモニターにつながれ、顔の半分がゆがんでいる。かつて、そこに現れただけで人々の視線を集めた人物とは思えない。

そのとき、ラーラはセルジオの目に気づいた。その目には明瞭な意志の光がある。彼女は背筋を伸ばし、ほほ笑みを浮かべた。

ラウルが見ている前で、ラーラはベッドに近寄って腰をかがめ、老人のこわばった頰にキスをした。ラウルにはできなかったことだった。ラーラは椅子をベッドの脇に置いて腰かけた。

セルジオが何かつぶやく。おそらく頭の中にははっきりとした言葉があるのだろうが、口から出るのは不完全な音にすぎなかった。それでも、ラーラは意味を理解しているかのように受け答えをした。

ラウルは胸に湧き起こる感情をどうにも抑えきれなかった。どれほど礼をしても足りないほどの恩義をラーラに感じていた。

半時間後、ラウルとラーラは駐車場へ向かった。並んで歩きつつも、触れ合うことはせずに。

「一人で運転して帰れるか?」

ラーラがラウルを見た。涙に濡れた緑色の瞳に、彼の姿が揺らめいている。

「このままいてもいいのよ?」

ラウルはとっさに思い浮かんだ言葉をのみこんだ。ときおり、ラーラは期待以上のものを与えてくれ、お返しは何もできていないと感じることがあった。彼女は役柄を見事に演じ、〝夫を支える妻〟が現実のように感じられる。ラウルは〝夫を支える妻〟についてよく知っているわけではないが、〝役を演じる女性〟については熟知していた。

結局、それが彼の求めていたものだった。この結婚がラーラにとって仕事であり、人生の選択ではないことを、ラウルはあらためて自分に言い聞かせなければならなかった。いずれにせよ、まともな女性が彼と人生をともに歩む道を選ぶとは思えない。

突然、幻影を保持しようとするのに疲れ、ラウルは真実を受け入れた。ルーシーとの結婚によって心が壊れてしまったと認めても、救いは得られなかった。彼は愛情を与えることも、受け取ることもできない。それは致命的な問題だった。

「その必要はない。祖父はとてもうれしそうだったが、何を話したんだ?」

ラーラは彼を見つめ、深く息を吸ってから答えた。「子供を授かった、と」

ラウルが黒い眉を上げ、驚いたようなうめき声をもらした。ふだんは感情を見せることのない顔に、いくつもの感情が表れては消えた。最終的に温かな喜びの表情に落ち着くのを見て取り、ラーラはほっとした。

彼女はこれまで、他人の評価を気にしたことはなかった。なのにいま、ラウルが肯定的な反応をするのをどれほど望んでいたか。自分でも認めたくないほどだった。

「優しい気遣いだな」

ラーラは考えた。いま、彼に告げるべきだろうか？　迷っているうちにその瞬間は過ぎ去り、何も言えずじまいになった。

「本当に一人で大丈夫か？」ラウルは彼女の顔を見てもう一度尋ねた。顔色は青ざめ、目の下には隈《くま》ができている。彼女はずいぶん痩せたのではないか？　浮きあがったように見えている鎖骨に気づき、ラウルは不安になった。「まさか、ダイエットなんかしているわけじゃないだろうね？」

感心しないという顔をしている彼に、ララは小さく笑いかけ、首を横に振ってみせた。

「大丈夫よ」

妊娠は病気ではない。けれど、その言葉は経験のない者だけが口にできるものだ、とラーラは思う。つわりの時期の朝の吐き気を味わったら、そんなせりふは出てこない。

ラウルは無言のまま彼女を探るように見て

いたが、ややあって口を開いた。「僕はしばらく祖父につきそっているつもりだ」

ラウルは暗い目を背後に向け、テラコッタ張りの低層の建物を見やった。そこは私立病院というより、リゾート地のホテルのようだった。セルジオは最後の日々を病院のベッドで過ごすことを嫌っていた。人生には望みどおりにいかないことがたくさんある、とラウルは苦々しく考えた。

「私もいようかしら、ラウル?」

彼は肩をすくめた。「それでどうなる?」

ラーラは傷ついた心を隠すように微笑してみせた。「どうにもならないわよね」


ラーラがなかば予期していた電話は、真夜中を過ぎたころにかかってきた。ラーラは寝室の外のバルコニーに座り、暖かな夜風に乗って漂ってくる松の香りを嗅いでいた。電話の内容は予期していたものだったが、電話をかけてきたのは意外な人物だった。

「もしもし、ラーラかしら」

ブルネットの上品なイタリア人女性の姿が頭に浮かんだ。「こんばんは、ナオミ」

「ラウルに頼まれたの、あなたに電話を入れ、一時間前にセルジオが亡くなったことを知らせてほしい、と」

深い悲しみに襲われたものの、これでセルジオの苦しみは終わりを告げたのだという思いがそれをやわらげてくれた。「知らせてくれてありがとう。ラウルは病院にいるの？　私もそちらに――」

「いいのよ、ラーラ。彼は来なくていいと言っていたわ。彼のことは私に任せて」

ラウルが屋敷《パラッツォ》に帰ってきたのは午前三時ごろだった。図書室で彼の帰りを待っていたラーラは物音に気づき、居間のドア口まで行って彼に声をかけた。

「病院に来るかと思っていたよ」ラウルは彼女を責める口調にならないよう注意しながら応じた。ナオミから、病院には行かないというラーラの伝言を受け取っていた。

〝しかたないわ。ここまでの道路は観光客にとって悪夢ですもの〟

ナオミがかばうように言ったとき、ラウルは我ながら意外なほどきつい口調で返した。

〝ラーラは観光客じゃない、僕の妻だ〟

だが、それはいつまでのことだろう？　目的を達したら、契約結婚は解消されることになっている。

そのとき、ラウルはこの結婚がどれほどの喜びであったかに気づいた。祖父の最後の日々を幸せにするためラーラと結婚したが、その後の生活は予想外だった。食事や海辺の散歩、そしてベッドでの営み……すべてに魅了される女性との暮らしは刺激的だった。ときにいらだちを感じることはあっても、一瞬一瞬を懸命に生きるラーラの姿に心を動かされた。

その刺激的な日々が去り、再び退屈な日常が訪れることを思い、ラウルは太い眉のあいだにしわを寄せた。

彼の言葉に責めるような気配を感じ、ラーラは驚いた。「ナオミから聞いたのよ、来る必要はないとあなたが言っているって」

ラウルの眉間のしわがさらに深くなった。

「彼女は僕が家まで送ってきた」

ラーラは嫉妬を覚え、身じろぎもできなかった。「どうして彼女が病院にいたの？」

「ご主人が治療を受けている」

その説明を聞き、ラーラは恥ずかしさを覚えた。ラウルが別の女性と友情を育んでいても、私には関係のないことだ。友情以上だとしても、無関係だ。

「疲れているみたいね」

ラウルは肩をすくめ、テーブルに歩み寄った。重そうなタンブラーにブランデーをつぎ、口元に運ぶ。「祖父を思って飲もう」

ブランデーの香りが鼻をくすぐり、ラーラは胃が震えるのを感じた。「話をすれば、楽になるんじゃない？」

心配そうな彼女の顔を見ながら、ラウルはいっきに酒を飲み干し、黒髪をかきあげた。

「話はしたくない。ただ、考えたい……」

ラウルは彼女に手を伸ばした。その目には消えることのない欲望が燃えている。しかし、彼はすぐに手を下ろした。自己嫌悪に顔をゆがめ、タンブラーを乱暴にテーブルに戻した。

「今夜は書斎で寝るよ」

ラーラは困惑を覚えていた。ラウルの奇妙な態度にも、自分自身の複雑な気持ちにも。

ホルモンのバランスが不安定だからよ――そう自分に言い聞かせ、彼女は一人きりの寝室で泣きながら眠った。

9

ラウルはどんな様子でいるの？

「知らないわ。心構えはしていたけれど、こんなに早いとは誰も予想していなかったの。彼は葬儀の手配で忙しそうだった」

葬儀には著名人が大勢集まる予定で、その準備も大仕事だった。それもまた、妊娠の告白を先延ばしにするための格好の口実になった。そのうえ、ラーラは彼に避けられているような気がしていた。

ラウルにとって、彼女との契約はすでに終わったということなのかもしれない。

「明日、終わってから電話してくれる?」

すでに終わっているのよ!

「わかったわ」ララは曖昧に答えた。これまでにないほどの孤独を感じていた。

「ねえ、本当はそっちへ行って力になってあげたいのよ。母さんだって……」

ララは目を閉じて涙をこらえた。「いいのよ」

「よくないわ。でも、明日は病院へ行く予定があるの。母さんも一緒に行くと言ってくれたから」

ララは驚いた。「リリー、あなた病気なの?」

「違うわ。実は、赤ちゃんができたの」

「赤ちゃん!」

「そう。だから、すごく気分の悪いときもあるわ」

そのことなら、私も知っている!

ララは思わず言ってしまいそうになり、顔をしかめるほど強く下唇を噛《か》んで自分を抑えた。本当はリリーにすべてを打ち明け、肩の荷を下ろしたかった。けれど、ラウルを差し置いてリリーに知らせるわけにはいかない。とにかく、彼にはタイミングを計って話をしなければ。

「つわりは三カ月で終わるものだと思ってい

たのに」

姉の言葉に、ラーラははっとした。「三カ月……いま、どれくらいなの？」

「二十週よ。誰にも言わなかったの。自分でも認めたくなかったのね。でも、いまは気持ちが変わったわ」

「五カ月ということは、私の結婚式のとき、もう妊娠していたのね？」ラーラはまだ平らな自分のおなかをさすった。リリーの変化に気づくべきではなかっただろうか？　なのに、自分の秘密を守るのに必死すぎ、姉にも秘密があるとは思いもよらなかった。

「だって、あの日はあなたのお祝いだったでしょう」


私のお祝い……ラーラは広げた両手に目を落とした。熱い涙がこみあげ、それをまばたきで散らしながら、指に輝く金の指輪を見つめる。耳元でリリーの声は続いていたが、ほとんど頭に入ってこなかった。

ラウルがこの指輪をはめたときの光景が脳裏によみがえる。あのときは正しいことだと感じていたのに。

その瞬間、ラーラの心の防壁が崩れ、ついに剥《む》きだしの真実が現れた。この結婚は偽りだ、といつも自分に言い繕ってきた。けれど違う。彼女にとって、すべては本物だった。

私はラウルに恋をしている。彼からはっきりと釘《くぎ》を刺されたにもかかわらず、恋に落ちてしまった。

ラウルはラーラが避けたいと思う男性の典型のようでいて、彼女が求めるすべてを備えている。ラーラは目を閉じ、恋する相手を自分で選べると信じていた娘時代に戻りたい、と願った。

実際に経験してみると、現実の愛は乙女の夢想とはかけ離れていた。瞳の色を自分で選べないのと同じように、愛の形を選ぶこともできない。

愛は自制心や分別などとは無縁だ。ラウルを愛するかどうか、ラーラに選択権はない。ラウルがその愛を求めず、彼女を拒絶しても、彼を愛することはやめられない。

私はラウルを深く愛している。たとえ彼に心を引き裂かれたとしても、ずっと愛し続けるだろう。

その後の電話での会話は、いささかちぐはぐで気まずいものになった。ラーラは震える手で電話を切ってから、ようやく気づいた。赤ん坊の父親は誰なのか――それをリリーに質問するのを忘れてしまった。

葬儀の日は暖かく、遠くで雷が鳴っていたが、セルジオが一族の納骨所におさめられるまで、雨が降りだすことはなかった。

ラウルが書斎に戻り、書類の散らかった机の上にグラスを置いたときも、室内はまだ暖かすぎるほどだった。午後の太陽が屋敷《パラッツォ》にさんさんと降り注いでいる。

ラウルは窓を大きく開けてその場にたたずみ、目を閉じてひんやりとした外気を吸いこんでから、机の横にある革張りの椅子に腰を下ろした。

葬儀後は弔問客の一部がパラッツォに立ち寄っていったが、いまは誰も残っていない。祖父も逝ってしまった。ラウルは開け放たれたドア口を見た。いまにも祖父がそこに現れそうな気がした。

だが、そんなことはない。

ラウルは弔問客たちの前で祖父について語った。セルジオ・ディ・ヴィットーリオにとっては家が何よりも大切だった、と。もっと率直に、祖父は人を操ることに長《た》け、常に自分のやり方を通した、と告げてもよかったが、そこまであけすけな物言いは控えた。

祖父は最後まで、自分の考えどおりに事が運んだと信じていた。その思いを胸に抱きながら亡くなったのだ。そう考え、ラウルは黙ってグラスを掲げた。

やがて、ラウルは口元のゆがんだ笑みを消し、グラスを机に戻した。先刻、ラーラに話がしたいと言われた。何についての話かは明らかだった。

彼のいない、ラーラの将来。それはすばらしいものだろう。本人は気づいていないかもしれないが、彼女には才能がある。幸せになる権利もある。そう考え、ラウルは胸中の落胆をあえて無視した。それを分析したら、彼女を手放したくないと認めることになる。永遠にとは言わずとも、もうしばらくのあいだ彼女の存在を楽しんでいたかった。

ラーラと出会ったとき、彼の人生は崩壊しかけていた。愛する者を次々に失い、さらにまた一人を失うと知らされ、苦悩の中にいた。そんな彼がいままでなんとかやってこられたのは、まさしくラーラのおかげだった。しかし、今後は……？

今後は何もない。彼にはラーラに与えられるものが何もない。自分でもいやだったが、彼は人に何かを与えるより、人から何かを得るほうが得意だった。

もう少しここにいるよう、ラーラを説得するのは容易だろう。彼女のことはうまく操作できるはずだ。だが、今回だけは自分勝手な欲求を優先するのはやめよう。

僕はこれまでの生活に戻ればいい。名前もろくに知らぬ女性をベッドに連れこみ、その場限りの肉体関係で心の穴を埋める。それが僕の日常、ラーラとの関係が終わったら僕が戻るべき日々だ。

ラウルは冷たい動揺が湧き起こるのを抑えつけ、顎に力を入れた。以前と同じように、心を閉ざしてしまえばいい。そうすれば一人でも大丈夫だ。とはいえ、まだ早い。いまはまだラーラがそばにいる。

彼女はまだ眠っているのだろうか？　午後三時ごろ、ラーラは気分がすぐれないと告げ、ナオミの付き添いで寝室へ引きあげた。弔問客が去ったあとでラウルが様子を見に行ったところ、彼女はぐっすり眠っていた。

物音が聞こえ、ラウルはそちらに顔を向けた。祖父の姿を想像したドア口に、ラーラが立っていた。下ろしたままの長い赤毛が、まだ身につけている飾り気のない黒のワンピースに映えている。二人の目が合っても、ラーラは身じろぎ一つしなかった。

「気分はよくなったか？」守ってやりたいという胸が痛むほどの感情を無視し、ラウルは淡々と問いかけた。

ラーラがうなずき、はだしで足音もなく書斎に入ってきた。顔色は青ざめ、目ばかりが大きく見える。なめらかな肌の白さが、ひきつった顔の美しさを強調していた。

「大丈夫よ。ぐっすり眠ったから」ラーラは嘘《うそ》をついた。実際は全身にのしかかる重苦しい倦怠感《けんたいかん》と闘っていた。

ラーラが深い眠りから覚めたとき、ベッドの横にナオミが立っていた。ラーラは驚き、小さな悲鳴をあげた。

「ごめんなさい。起こすつもりじゃなかったのよ。ラウルが心配して、私に様子を見てきてほしいと言ったものだから」

心配なら、どうして彼自身が来ないの？　そんな思いが湧き、ララは後ろめたさを覚えた。ラウルは今日、祖父を埋葬した。それから数時間しかたっていないのに、私は子供のように彼の手を求めている。

「ありがとう。大丈夫よ」

ナオミがベッドの端に腰かけ、ためらいがちに話し始めた。「気を悪くしないでほしいんだけれど……あなたはルーシーのようになろうとしているんじゃないかしら」

ララは驚き、しばし言葉を失った。

「ルーシーを気にすることはないのよ。彼女はひどい女だったもの」

「え？」ナオミがあまりにあっさりと言ったので、ララは何かの聞き間違いでは、と思った。「いま、なんて……」

「ルーシーはひどい女だった」

「あなたは友達だったんでしょう？」

「ルーシーに友達なんていなかったわ。彼女は周囲の者を利用するだけ。そしてラウルの人生を惨めなものにした。彼がほかの女性を愛していると知っていて、一緒にさせまいとした。ラウルがあなたと出会って幸せになったことが、私はとてもうれしいの。それじゃ、ゆっくり休んでね」

一方的なナオミの話をどう解釈したらいい

のかわからず、ラーラは黙って彼女を見送った。話の内容だけでなく、ナオミが謎めいた笑みを浮かべていたのも気になった。ラーラはひどく不安になり、身を震わせた。

ラウルと一緒になれなかった女性――それがナオミだというわけじゃないわよね？　彼女とラウルが同席していたときの様子を、ラーラはすべて思い返してみた。何かそれらしい気配があっただろうか。

もっとも、この数カ月、私は自分の本当の気持ちにさえ気づかずにいた。我ながら、その種の気配を察知するのは苦手らしい。

それに、どうでもいいことでしょう？　私はじきにラウルとはかかわりがなくなる。ただし、赤ちゃんの件は別だ……赤ちゃんのことを知ったとき、ラウルは我が子の人生にかかわりたいと思うだろうか？

これ以上疑問が増えるのは困る！　ラーラは深いため息をもらし、上半身を起こした。枕にもたれ、ナオミの言葉を反芻《はんすう》する。考えれば考えるほど、何かが変だった。ラウルの結婚生活は幸せではなかったのか。完璧な妻のように見えた女性が、実は完璧ではなかったのだろうか。

ナオミがラウルに好意を持ち、死人に口なしとばかり、気の毒な女性を悪役に仕立てているのかもしれない。最も確実な解決策はラウルに直接尋ねることだろう。

「ずいぶん革命的な考えね、ラーラ」自嘲ぎみにひとりごとをもらし、ラーラはラウルを探しに階下へ向かった。

「ごめんなさい、あんなふうに中座して」

ラーラの謝罪の言葉を聞き、ラウルは問題ないと言う代わりに肩をすくめ、顎や頬に目立ち始めた黒い無精ひげを撫《な》でた。机上に置かれていたノートパソコンのふたを閉じる。仕事などしていなかった。集中できなかったし、電子メールやお悔やみのメッセージを読む気にもなれなかった。

「気にしなくていい」

「あなたも大変だったでしょう」ラーラはラウルの様子に胸を痛めた。彼はひどく憔悴《しょうすい》し、孤独感を漂わせている。

ラウルは軽くうなずいてみせたが、胸の内ではラーラがいてくれたおかげでずいぶん楽だった、と認めていた。黙ってそばにいるだけでも、ささやかな触れ合いやまなざしが支えになった。

「私がずっと一緒にいるべきだったのに」

「ナオミが代わりを務めてくれた」

ラウルはナオミの世慣れた社交的な物腰を思い浮かべた。ナオミは上手に立ちまわり、よけいなことは言わない。しかし、その笑顔は常につくりもので、人目をはばからず大きすぎる笑い声をたてるようなこともない。

もっとも、今日は笑うべき日ではなかったが、とラウルは沈鬱に考えた。

一方、ラーラは率直で飾り気がない。彼女に社交の場は似合わないが、それこそが魅力でもある。

セルジオの友人である老人たちの長い思い出話にも、うわべではなく本当に耳を傾けていた。ラーラからすれば、誰なのか見当もつかない者ばかりだったのに。彼女はラウルの名づけ親を抱きしめさえした。

ラーラが中座した直後、その年配だがまだ現役のギリシアの海運王はラウルに握手を求め、君は果報者だと微笑した。〝妻を大事にするんだぞ、ラウル。もし私が三十歳若かったら、間違いなく君に忠告していただろうな。用心しろよ、とね！〟と言って。

再婚するよりバスの前に身を投げだすほうがましだと思っていた男にとって、ラーラとの契約は実に好都合だった。それに、ベッドでの営みも申し分なかった。

ラウルは契約を延長したかったが、真のラーラを知るにつれ、彼女を解放すべきだという思いが湧いた。彼女にはもっと……。

もっとふさわしい男性がいるはずだ。

風にあおられていた窓を閉めたため、ラウルはナオミの名前を聞いてラーラがたじろいだことに気づかなかった。

「彼女は帰ったの？」

「誰が？」

「ナオミよ」

ラウルはうなずき、ナオミにはそのうち話をしておこうと考えた。最近、彼女はいささか頻繁に姿を現しすぎている。

「まだ横になっていたほうがいい」

「あなたは幸せだったの？」

ラーラの唐突な質問には秘めた激しさが感じられ、ラウルははっとして彼女を見た。細い指を何度も組み直すしぐさから、ラーラの複雑な気持ちがうかがえる。彼女は何を考えているのだろう？　ラウルは彼女を抱き寄せたいという衝動を必死に抑えた。

「いつの話だ？」

「みんなが言っているわ、あなたの最初の結婚生活は完璧だった、と」

「そうか？」

「あなたは……奥様を愛していたの？　幸せだった？」

「僕の妻は君だ」ラウルは鋭く返した。

この言葉を口にするとき、僕はいつも胸の内で否定の語を加えていた。なのに最近、僕はこれを口にしながら一抹の誇らしさを感じていなかっただろうか？

ラーラは簡単には引き下がらなかった。もう引き返せない。真実を知りたい。「私が何を言いたいか、わかるでしょう」

ラウルは彼女に向き直り、その顔をじっと見つめた。

見据えた。「いいや」

「だから、あなたは――」

「わかっている。いまのが答えだ。いいや、僕は幸せじゃなかった。そうだな、短いあいだは幸せだったかもしれない、だがいったん目が覚めたら、あるいは成長したら、幸せではなくなった」

「幸せじゃなかったら、どうして離婚しなかったの？　ほかに好きな女性がいたんじゃないの？」

ラウルは口をゆがめて笑みに似たものをこしらえ、まだ首に巻いていたネクタイを外した。「この世界が完璧であれば、そうしただろうな。でも世界は……そして人生は、完璧じゃない」手にしたネクタイを床に落とし、かすれた声で告げる。

「わからないわ」

「むろん、君にはわかるまい」

当然だ。ラーラには暗い一面がない。彼女はルーシーと正反対だ。ルーシーは表向きは健全で優しいが、ひと皮剝けば意地悪で執念深く、世界中が自分を憎んでいると本気で考えるような女性だった。

「なら、説明して」

僕は過去の失敗から何も学んでいない、とラウルは思った。ラーラを表面的な条件だけで選び、美しさの下にある、優しく傷つきやすい天使のような心を見ようとしなかった。

かつて、彼はルーシーの本性からかたくなに目をそむけた。しかし、一緒に過ごせば過ごすほどそれははっきりと現れ、見て見ぬふりを続けることはできなくなった。

どうしてララに理解できるだろう？　彼女には人一倍の良心と同情心がある。自分の邪魔をした者に復讐《ふくしゅう》しようなどとは考えない。他人の賞賛や敬意を求めず、誰かが認めてくれないからといって恨んだりはしない。

「お願い、ラウル、理解したいの」

ルーシーが美容師の顔に青痣《あおあざ》をつくるという事件を起こし、それを揉《も》み消したあと、裁判所の命令でカウンセラーの世話になったが、なんの役にも立たなかった。ラウルは境界性人格障害や悪性自己愛といった心理学の用語に詳しくなったが、ルーシーが問題を受け入れようとしなかったため、彼女自身は何一つ変わらなかった。

「僕が結婚していたとき、兄のジェイミーはまだ正式にカミングアウトしていなかった」ラウルは話を始めた。「学生のころ、ジェイミーはある人物と親しくなった。妻子ある男性だったが、彼らは長いこと恋愛関係にあった。世間に知れたら、その男性の仕事や結婚生活、人生そのものが終わりになる。ある晩、ジェイミーがついに告白した。ルーシーと三人での夕食の席で、多少酒も入っていた。ルーシーは理解を示したよ。だが、僕が離婚を提案したとき、彼女は拒絶し、こう告げたんだ。どうしてもと言うならジェイミーの件をばらす、タブロイド紙に話を売る、と」

ラーラは驚愕《きょうがく》した。そんなふうに他人を傷つけようとする者がいるとは、彼女には信じがたいことだった。「お兄さんは……」

「兄には言わなかった。皮肉なことに、ルーシーの死後、ひと月もしないうちに兄は恋人と別れ、その直後にロベルトと出会ったんだ」ラウルは手で額をこすってから続けた。「ルーシーは人生という物語のヒロインだった。どんな物語にも敵役が必要で、彼女にとってそれは僕だった。ルーシーは単に勝つだけでは満足しない。相手のすべてを奪い、プライドを打ち砕く。徹底的にね」

ラーラはかぶりを振った。頭の中にある天使のような姿と、ラウルの言う残酷な人物とがどうしても結びつかない。

ラウルは無表情のまま話を続けた。「離婚は取りやめた。ルーシーは僕を罰するために派手に遊び歩いた。手も足も出ない僕を見るのが楽しかったんだろう。やがて、赤ん坊をおろしたと笑いながら僕に告げた」

ラーラは今日、ずっと涙をこらえていた。葬儀のあいだも、ラウルが祖父のために感動的な弔辞を述べた際も、涙を見せず冷静な態度を保った。けれど、いまは我慢できなかった。「ひどい。なぜそんなことを……?」

「僕の誕生日には赤ん坊のエコー写真を送りつけてきた。父の日のカードを同封して」

ラーラは悲鳴をあげそうになり、口を押さえてこらえた。誰もがそうであるように、ラーラはラウルに畏怖を覚えていた。生まれつきの威厳を身にまとい、皮肉屋で、敵に対しては容赦しない男性だ、と。

ラーラはいま、まったく別の彼を知った。最初の妻と出会う前の一途《いちず》な若者、愛と信じたものに裏切られ、苦しめられる前の純粋な男性を。彼の苦悩を思うと心が痛い。邪悪な女性に善意と愛情を引き裂かれたりしなければ、いまの彼はどんなだったのだろう？

彼の心が癒えることはあるのだろうか？

何も言わずに泣いている彼女を見て、ラウルはなじみのない無力感を覚えた。

「もう過去のことだ。いまの僕は一人でいるほうがいい。すべての女性が同じだとは言わないが、僕は誰も信用できない。もし信用できても、自分からは何も与えられない」ラウルは暗い目でラーラを見つめた。「僕の言っている意味がわかるか？」

「あなたは一人になりたいのね。それは彼女が勝った、ということなの？」彼の答えはなく、ラーラは両手で頬をこすりながら言葉を継いだ。「ごめんなさい……でも、ルーシーの髪の毛をむしり取ってやりたいわ。亡くなった人に失礼だとしても、かまわない！」

「いや、失礼ではない」ラウルは彼女の青ざめた顔を見て心配そうに続けた。「酒でも飲んだほうがよさそうな顔をしているね」

「話してくれればよかったのに」

「自分がどんなに愚かだったか、宣伝したいと思うか？　これまで誰にも話していない。君以外、みなが表向きの話を信じている」

ラウルの口調からは眉をひそめたくなるほどの憎悪が感じられた。それは彼自身に向けられたものに違いなかった。ラーラは無言だった。言えることは何もない。ラーラは彼がブランデーをつぐのを見た。なんと言って断れば、奇妙に思われないだろう？

「ありがとう。でも、いらないわ。それよりも、ナオミは真実を知っていたんじゃないかしら」

ラウルは少し考え、うなずいた。「そうかもしれないな。一時期、彼女はルーシーとごく親しかった。すぐに疎遠になったが」

「いまがいい時機だとは思えないけれど、いつ話せばいいのかわからなかったから」

「別れる手配をしたいんだろう。急ぐことはないさ」ラウルは肩を軽くすくめて言ったが、ラーラを見る目は暗く、鋭かった。

「いいえ、話というのはそれじゃないの」ラーラは深く息を吸い、いましかないと考えた。

「少し前から話そうと思っていたんだけれど、いろいろなことがあったから……ああ、ラウル、ごめんなさい」
ラウルは口をゆがめた。「いちいちごめんなさいと言うのはやめてくれないか？」

「ごめんなさい」

さらに〝ごめんなさい〟と言いそうになり、ラーラは唇を噛んだ。それでも、〝あなたに恋しているの〟と言うよりは〝ごめんなさい〟のほうがましだろう。

ラウルは眉を上げた。

「おじい様に嘘を言ったわけではないの」

ラウルはわかったという顔をした。嘘をついたことで苦しむとは、いかにもラーラらしい。「君が嘘をついたのはもっともな理由があったからだ」

ラウルは彼女の手を握ろうとしたが、ラーラは応じなかった。ラーラは眉に落ちかかる髪を後ろに払った。

「私たちの結婚は嘘だったわ」ラウルの知っている以上に、だ。

ラーラが過去形で言ったことに気づき、ラウルは眉間のしわを深くした。「ときに、嘘は優しさの表れでもある」

「優しさじゃないわ。ラウル、私は妊娠しているの。本当なのよ」ラーラはわっと泣きだし、胸の奥から絞りだすような声をあげて泣きじゃくった。「ご……ごめんなさい！」あえぎながら言い、そばの椅子に座りこむ。

ラウルは呆然《ぼうぜん》としてその場に立ちつくして

いた。身じろぎ一つしなかった。

「ショックでしょうね。本当にごめんなさい。だけど、よく考えれば何も変わることはないのよ」

何も言わずに突っ立っていたラウルが、ようやく動いた。彼はラーラに歩み寄り、椅子の横に両膝をついた。

「いや、何もかもが変わる」ラウルはそれを承知していたが、どう変わるのかはわからなかった。「それに、ごめんなさいと言うのはやめてくれないか？」

ラーラは鼻を鳴らし、濡《ぬ》れた顔を両手でこすった。そのため、ラウルの顔に一瞬優しい表情が浮かんだのを見逃した。


「ほら」

ラーラはラウルの差しだしたハンカチを受け取り、涙をふきながら彼の顔を見た。心の底から愛情が湧きあがり、何を言おうとしていたのか忘れてしまった。

ややあって、彼女はようやく口を開いた。

「いまのあなたにはなんの興味もないことだとわかっているけれど、私は――」

「私たちは、だろう！　一人で妊娠したとは言わせないぞ」

いつのことだろう？　いや、それがいつなのかは問題じゃない。自分が何をしたかについて考えるべきだ。ラウルは罪悪感にさいなまれた。この結果をラーラに押しつけたのは僕自身だ。

「別に後悔しているわけじゃないわ。私は母親になるのがうれしいの。もしあなたが望むなら、誕生日とか、節目ごとに連絡を取ってもいいし……」

「連絡を取る？」

「あなたがそうしたいなら、よ」私は過ぎた望みを口にしているだろうか？

「僕がどこへ行くと思っているんだ？」

ラーラは少しでも冷静になろうと努めながら彼を見返し、力なく頭を振った。彼がどこへ誰と行くかなど、考えたくもなかった。

ラウルは彼女を支えて立ちあがらせ、両腕で抱きしめた。「僕がこの赤ん坊を歓迎するとは思わなかったのか？」

「ルーシーに奪われた子供の代わりに？」

ラウルは何も言わなかった。沈黙を破ったのはラーラだった。

「思わなかったわ。だってそうでしょう？あなたは一人で生きたいと言ったばかりよ」

「責任というものがある」

「あなたにとっては責任がすべてなの？」ラーラはきき返した。彼女にとってそうであるように、ラウルにとっても、生まれてくる赤ん坊が責任以上の存在であってほしかった。

「君に嘘をついたり、何かを感じているふりをしたりはしないよ、ラーラ。僕の父は子供を一途に愛するタイプじゃなかった。いつだって息子たちより仕事や自分の都合を優先する——そんな父親だったんだ。我が子に僕と同じような思いをさせる気はない」

「その決意はとても立派なことだと思うわ。でも、それだけでは充分でなかったら？」

「誰にとってだ……君か？」

「ええ」ラーラは落ち着いた口調で答えた。

「それでも、やってみるべきじゃないか……子供のために？」

「やってみるって？　結婚したままでいようというの？　そういう契約ではなかったでしょう？」

「子供を持つというのも契約にはなかったことだろう。赤ん坊ができて結婚する人はいても、そのせいで離婚する人はいない」

「もし赤ちゃんができなかったら、結婚を続けようとは言わなかったのね？」

「ああ、言わなかった」ラウルははっきりと答えた。ラーラにはどんなことも正直に告げるつもりだった。「実は、祖父が一族の存続についての話を持ちだしたとき、自分でも名前や遺伝子を残すという意味がわかったような気がしていたんだ」

自分自身のためだけなら、僕は決して子供を持とうとは考えなかったはずだ。それはあまりにも勝手すぎる。

「意識的に子供をもうけたわけではないが、父親になるとわかった以上、できるだけいい父親になりたいと思う」

おそらく、僕一人では充分ではないだろう。だが幸運なことに、生まれてくる子供にはラーラという母親がいる。僕の足りない部分を彼女が埋め合わせてくれるはずだ。

ラウルが不意にラーラの平らなおなかに手を置いたので、ラーラは息をのんだ。彼女は胸に希望があふれるのを感じた。

「うまくいくかしら」

「うまくいかせよう。二人でね」

10

「週末だけなんだろう?」

ラーラがスーツケースのふたを閉じようとしていたとき、背後から声がかかった。振り返ると、ラウルが眉を持ちあげて彼女を見下ろしていた。

彼の浮かべたほほ笑みに、ラーラはどきりとした。胸の高鳴りをなだめながら返事をする。「だいたい用意ができたところよ。全部が私の荷物というわけじゃないの。みんなへのおみやげもあるから」

ラウルが歩み寄り、ベッドの端に腰を下ろした。その拍子に、きちんと畳んで山にしてあった色とりどりの下着が床に落ちる。彼は小さな下着をつまみあげ、指先に引っかけて左右に揺らした。

「かまわなかったかしら？　おみやげを買うのに……あっ！」

ラウルがラーラを引き寄せ、彼の膝の上に座らせた。彼女の顔を両手で挟み、キスをする。しばらくしてラウルが唇を離すと、ラーラは彼の肩に顔を押しつけ、彼の首に両腕を絡めて温かな肌の香りを嗅いだ。

ラーラは幸せだったが、すっかりくつろいでいるわけでもなかった。もし緊張を完全に解いたら、この数カ月間なんとかバランスを保ってきた気持ちが崩れてしまう。望むものではなく、いまあるものに意識を集中させることが重要だ。期待しすぎなければ、きっとうまくやっていける。

ラーラには感謝したいことがたくさんあった。おなかの中で成長している赤ちゃん。そして母親になること。

「準備の途中だったわ」

ラウルは彼女を解放すると、両手を頭の後ろで組んで寝転がった。ラーラが荷づくりの仕上げをする様子を眺める。

「いままで黙っていたことで、お母さんやりリーに怒られるんじゃないか?」妊娠の件は彼女の家族を含めて誰にも秘密にしておきたい――それがラーラの提案だった。ラウルはそれを受け入れたものの、内心では不安を感じていた。秘密にしなければいけない理由がわからなかった。

ベッドのマットレスがわずかに沈み、ラーラが少し息を乱しながらラウルの横に膝を進めた。そのまま両脚を折って座り、彼を見下ろす。赤い髪が彼女の頬に落ちかかった。

ラーラは髪を手で押さえつつ腰をかがめ、彼にキスをした。「恥ずかしいわけじゃないの。でも、妊娠しているのは私だけじゃない。姉もそうなのよ」リリーの出産予定日はもうじきだった。

「君たち双子に、共通点が一つ増えたというわけだな」

第一の共通点はむろん外見だ。しかし、顔立ちも体型もそっくりなのに、ラウルにとって二人はまったく別の女性だった。二人に対する自分の反応の違いには、我ながら驚かされたものだ。リリーは退屈だった……いや、その言い方は正確ではない。

リリーは退屈ではないが、ラーラと異なり、理屈を超えたところで彼の欲望をかきたてることがない。そう考えたとき、いつもの疑問がラウルの胸に湧いた。

もしや、僕のラーラへの感情は欲望以上の

ものになっているのではないか？

いつまでもうやむやにしておくわけにはいかないと承知していながら、ラウルは例によってその疑問を頭の隅に追いやった。

いつまで目をそむけていられるだろう？

とはいえ、いまのところ物事は望んでいた以上にうまくいっている。わざわざよけいな波風を立てる必要はない。

「リリーはシングルマザーになろうとしているの。私とはまったく状況が違うから、私は彼女に――」

ラウルは彼女のうなじに手をかけ、首筋のこわばりを親指でマッサージした。彼女を横たわらせ、むさぼるように唇を重ねる。


「君はいい妹だね」

ラーラがさっと身を縮めたので、ラウルは彼女の鼻の頭にキスをする格好になった。ララーラが髪を後ろに払って笑う。その皮肉っぽい笑い声に、彼は思わず眉をひそめた。

「どうしたんだ？」

「私は双子の〝いいほう〟じゃないの。それはリリーよ」

ラーラはかぶりを振り、その拍子に垂れた髪が彼女の顔を隠した。ラーラがいまだに妊娠を知らせずにいるのは、姉を気遣ってというより、自分を守るためだった。

双子だからといって、互いを感じる特殊な能力があるわけではない。とはいえ、リリーには鋭い質問をする直感力がある。それも、こちらがひどく困るような質問を。姉のそんな問いに答える心の準備はまだできていなかった。結婚式の際に少し距離をおいていたのも、まさに同じ理由からだった。

いずれにしても、真実を告げたとき、リリーに理解してもらえるとは思えない。いったい誰が理解してくれるかしら？

ララは豊かなまつげに隠された緑色の瞳を夫に向けた。困惑するほどの欲望と愛情が胸にあふれだす。二人の関係が嘘《うそ》に基づいているという事実は消えないけれど、いつの日か、それは心の片隅に残った小さなつぶやき程度のものになるかもしれない。

結婚は最初から偽りで、いまも続いている唯一の理由は赤ちゃんだと話したら、リリーはなんと言うだろう？　姉に同情の目で見られるなど、とても耐えられない。

ララの言葉を聞き、ラウルは彼女が意図した以上の事実を読み取っていた。なぜ姉のようになれないのか、と非難される若き日のララの姿が脳裏に浮かび、怒りが湧く。

「押しつけられた役割を、無理に引き受ける必要はないよ」彼は優しく告げた。

ララが驚いた顔で彼を見る。「そんなことはしていないわ」

ラウルは眉を上げてみせた。「君はそれほど奔放ではなく、リリーもそれほど賢明ではない――そう考えたことはあるか？　二人がまったく異なる人間だということは？」

僕のラーラはいつでも自分と姉を比べている。僕にはそれが正しいこととは思えない。

〝僕のラーラ〟？

その言葉にどんな意味があるのかと思い、ラウルは背筋をこわばらせた。単なる言葉のあやだ、と自分に言い訳をする。実際のところ、男なら誰だってラーラのような女性を独占したいと思うだろう。

「私があまり奔放じゃない、と？」

ラーラがからかうように言ったので、ラウルは意味ありげにほほ笑んだ。ラウルが彼女のうなじに手を伸ばすと、ラーラもそれに合わせて彼に身を寄せ、二人は互いを味わうようにキスを始めた。

数分後、ラーラはベッドに座り直した。頬は赤く染まり、髪も乱れている。「早く支度をすませなきゃ」

「急いでいるなら、なぜ中断したんだい？」

ラウルは何食わぬ顔で問いかけた。

十分後、ラーラはスーツケースの鍵をかけ、部屋を見まわした。

「ヴィンツェンツォに、用意ができたと知らせよう。ようやくだな」ラウルは携帯電話を手にしたが、そこへちょうど電話が入った。悪態をついて画面に目をやり、発信者を確認する。大事なクライアントからの電話だった。

彼は先に行け、とラーラを促した。

ラウルが電話を終えて合流したとき、ラーラはすでにリムジンの後部座席におさまっていた。車が発進すると、彼は隣にいるラーラを見つめ、彼女の心が浮き立っている様子を感じ取った。

「家族との再会が待ち遠しい？」

ラーラはうなずいた。おなかに手を当てて答える。「特にいまはね」

「体は大丈夫か？」

「ええ」背中の痛みをやわらげようと、ラーラは体を前に倒した。妊娠や出産に関する本を何冊も読んだので、この痛みは普通のことだとわかっていた。だが、生温かい染みができているのは……。「ラウル！」

ラウルはぎょっとしてラーラに顔を向け、彼女の視線の先へゆっくりと目をやった。数秒ほどのあいだ、彼はただ呆然《ぼうぜん》と座り、ラーラのスカートを真っ赤に染めたものを見つめていた。赤い色が座席から床へと滴る。

「赤ちゃんに何かあったんだわ」

ラーラの弱々しい声で、ラウルはようやく金縛りの状態から脱した。彼はラーラの手を握りしめ、運転手に指示を出した。リムジンはタイヤをきしらせてUターンし、まわりじゅうから鳴り響く警笛を無視して、すさまじい速度で走り始めた。

「心配するな。ヴィンツェンツォは軍隊で戦車を運転していたんだ。五分で着く」

だが、五分で間に合うのか？　大量の血だ。ラウルはなるべくそれを見ず、ラーラの蒼白《そうはく》な顔に意識を集中させて、自らは冷静に振る舞うよう努力した。

内心は冷静どころではなかった。何かの冷たい手に胃を鷲《わし》づかみにされたようで、恐怖が全身に広がる。人間はこれほど出血をしても生きていられるものだろうか？

「もっと速く！」ラウルは運転手に叫んだ。リムジンはとうに制限速度を超えている。

「赤ちゃんは大丈夫かしら、ラウル？」

ラウルはラーラを安心させようと手を握りしめたが、彼女の手は華奢《きゃしゃ》で血の気がなく、あまりにも冷たい。これまでの人生で、これほど己の無力を感じたことはなかった。

ラウルはかぶりを振った。「何も言うな、ラーラ。これからのために体力を残しておけ。いけない、目を閉じるな、ラーラ。意識をしっかり保つんだ！」

懇願するような彼の声を聞き、ラーラはまぶたを持ちあげた。「最高級の革のシートを汚しちゃったわね」

ラウルは小声で悪態をつき、彼女の両手を口元に当てて、それぞれの指先にキスをした。

「請求書を送るよ」

運転手の呼びかけに、ラウルは顔を上げた。

「着いたぞ。大丈夫、もう少しだ」

ラーラのまぶたは再び閉じかけていた。

「ここに駐車しないでください。ここは救急患者専用です!」

「見てわからないのか、急患だ!」病院の職員に対し、ラウルはイタリア語で怒鳴り返した。「医者を呼んでくれ、早く!」

ラウルが車を降り、職員にラーラを見せた瞬間、言い争いは終わった。ラーラは意識を失いかけていた。

すぐさま二人の職員がストレッチャーを押して駆けつけた。ラーラをストレッチャーに乗せているときに医師が現れ、てきぱきと指示を出し始めた。

医師がラウルに投げかけた質問は簡潔で的を射たものだった。一方、それに対するラウルの返答はあやふやで、口が頭の回転についていかないようだった。

「この先には入れません。座ってお待ちください」

ラーラが大きな両開きのドアの向こうへ運ばれ、二人は引き離される——そうと知ったとき、ラウルは動揺に近いものを感じた。その瞬間、彼の気持ちを感じたかのように、ラーラの手に力がこもった。ラウルは無我夢中で看護師に訴えた。「いや、僕も一緒に入らせてくれ」

それでも看護師は譲らず、丁寧ではあるが

断固たる口調で指示を繰り返した。気持ちはわかると言いたげな看護師の表情に、ラウルは大声でわめきだしたい気分になった。

そのとき、ラウルが握っていたラーラの手から急に力が抜けた。

「ラーラ！」

周囲の注意はラウルからラーラに移った。ラウルの目には彼女が呼吸さえしていないように見えた。

「なんとかしてくれ！」

意識を失った患者を処置室に入れるため、ラウルは看護師の手で押しのけられた。ストレッチャーが中に運ばれ、ドアが閉ざされ、ラウルはドアの前に取り残された。彼はその場に立ちつくし、両手を関節が白くなるほど強く握りしめた。無力感が重く体にのしかかり、身じろぎもできなかった。

そのあと、いったい何人がドアを開け閉めして通り過ぎただろう。その都度、ラウルは期待して目を向けたものの、どの人物も彼の前を素通りしていった。なかばあきらめかけたとき、またドアが開き、白髪交じりの長身の男性が手術着のまま現れた。

その男性はまっすぐラウルに歩み寄り、手を差しだした。彼の握手は力強かった。

「私が奥様の担当医です。手術は無事に終了しました」

医師が握手を解くまで、ラウルは自分の手

が震えているのに気づかなかった。静かにもらしたため息とともに、全身をこわばらせていた緊張感が薄れていく。

医師が彼に同情のまなざしを向けた。「ききたいことがたくさんあるでしょうね」

「突然のことでした」

医師はかすかに首をかしげた。「私の部屋でうかがいましょうか」

ラーラは車からストレッチャーに移されたのをぼんやりと感じていたが、すべてが悪夢のように思われた。悪夢ならば現実ではない。ラウルの手を握っていれば大丈夫だ。

廊下を運ばれていくあいだ、ラーラは彼の手を握りしめていた。頭上の照明がまぶしくて目が痛む。周囲の会話が断片的に耳に入ってくる。

それから、不意に暗闇が訪れた。

「外してはだめだよ、ラーラ」冷たい指が手に触れ、腕にテープでとめられているものを外そうとする彼女を制した。

知っている声と指だった。ラウルが彼女の手を握っていた。ラーラは目を開けた。

彼はラーラが尋ねるのを待たずに告げた。

「子供は救えなかった」

予期していたことだったが、実際に言われると、あらためて現実だと思い知らされた。

「何がいけなかったの？」

　ラウルが答えられずにいたとき、医師が部屋に入ってきた。手術着姿ではなく、開襟シャツを着ている。医師であることを示すものは、胸につけたバッジと、ポケットからはみだしている聴診器だけだった。

「あなたは何も悪いことをしていませんよ、ミセス・ディ・ヴィットーリオ」医師は完璧な英語で話しかけた。「流産すると、多くの女性が不合理な罪悪感に苦しみます」医師はラウルに向かって言い、ラーラのベッドの足元のカルテを確認してから、彼女の頭のほうへ移動した。「何をしても、避けられないことでした」

「でも、もうじき二十週だったのよ。たしか十二週を過ぎたら——」

「第二期での流産も皆無ではありません」医師は優しく遮った。「初期に比べれば少数ですが、それでもあるんです」

「どうしてなの？　どうしてこんなことに？」喉が締めつけられるようだったが、ラーラは無理に声を絞りだした。

「原因はいろいろ考えられます。あなたの場合、胎児はしばらく前に死亡していたのではないか、と……」

「そんな！　ありえないわ。それだったらわかるはずでしょう！」

　医師が同情するようにラーラの腕に手を置いた。ラウルはその様子を見守り、この医師はなすべきことを心得ている、と思った。

なぜ僕には何もできないのだろう？　僕とかかわらなければ、ラーラがいまここにいることはなかった。すべては僕の勝手な計画から始まったことで、その結果がこれだ。

激しい自己嫌悪が彼の胸を締めつけた。

「出血はありませんでしたか……少量でも？」

「ああ、そういえば……」ラーラは朝の出来事を思い出した。もしあのときに対処していれば、赤ちゃんを救えたのだろうか。〝もし〟という思いと罪悪感に、彼女は押しつぶされそうだった。

「ご主人には説明しましたが、あなたのような症状は稽留流産といわれます。赤ん坊のことは残念ですが、敗血症が起こる前だったのは幸運でした。とても深刻な状態になりかねませんからね。ゆっくり休養してください。問題がなければ、明日の朝には退院できると思います」

ラーラはドアが閉まるのを見つめた。かちりという小さな音が脳裏に何度も響く。「何も感じられないわ」彼女は枕に頭を沈めた。

「痛み止めを使っているからだろう」

「いいえ、そういう意味じゃないの。何も感じない……からっぽになったみたい」ラーラは胸に手を押し当てた。

ラウルが彼女を見下ろしたとき、ラーラの

目つきがふと変化した。彼女がからっぽだと言った場所を、いきなり激しい怒りが満たしたかのようだった。

「何を考えているか、言ってちょうだい。言われなくてもわかっているけれど。結婚を続けた唯一の理由は赤ちゃんで、その子がいなくなったいま、もう続ける理由はなくなった。心配しないで、私は大騒ぎしたりしないから！」彼女とラウル以外誰もいない個室で、ラーラは目に涙をためて叫んだ。

ラウルは彼女に触れようとしたが、ラーラは両手を上げてそれを制した。

「同情なんかしないで」

ラウルはベッドの横に椅子を置いて座り、黒髪をかきあげた。「同情じゃない。これは僕たち二人にとって残念なことだった」それは本心だった。彼は罪悪感と同時に、深い喪失感も味わっていた。

ラーラは彼の反応に驚いたが、それも一瞬のことで、すぐにかぶりを振って苦々しげに言い返した。「〝二人にとって〟じゃないでしょう。あなたはこういう結果になってうれしいんじゃないの」

「ばかを言うな！　赤ん坊は僕のものでもあったんだ。僕だって悲しい。だから、二人で乗り越えていくべきじゃないか？　僕は誰よりも君の気持ちを理解している」

ラーラは唇を震わせた。「自分でわかって

いなかったけれど、私はこの赤ちゃんが欲しかった……本当に欲しかったの」

「僕だってそうだよ」

「責任があるからでしょう」

「僕はヴィットーリオ家の最後の一人にはなりたくない。これまでにたくさんの死を経験してきた。赤ん坊ができたことで、何年かぶりに将来を楽しみにできた」

「あなたがそんな気持ちだったとは知らなかったわ」

ラウルは短く笑った。「自分でもわかっていなかった。ラーラ、君は強い。立ち直れる。結論はすぐに出さなくてもいい。しばらく面倒をみさせてほしい」

〝おまえのせいで彼女がここに横たわっていることを考えれば、それくらいは当然だ〟

ラウルの脳裏に皮肉な声が響いた。

「立ち直るって、いつ？」

「それがわかればいいが」

「そうしたら、どうするの？」ラーラはぼんやりと考えた。いずれは別れるとして、彼が私の回復を待っているだけだとしたら、そんなことに意味があるだろうか？

「君しだいだよ。医者は保証してくれた、もう一度子供をつくるのは問題ない、と」

「それは……」

「とにかく様子を見よう。それとも、すぐに家族のところへ帰りたいか？」

ラーラは健康な胎児がおなかにいるリリーのことを考え、首を横に振った。

「僕を怒鳴ったり非難したりして気が休まるなら、それもかまわない。とにかく前に進んで、次回は――」

「次もだめかもしれない」

ラーラのおびえた声を聞き、ラウルは胸が締めつけられるのを感じた。

「それを考えるのはまだ早い。まずは元気になることだ」

ラーラは彼の言葉を聞いていなかった。深い眠りに落ちていたのだ。

翌朝、ラウルが病室に現れたとき、ラーラは電話で話をしていた。彼の耳に入ることを意識し、早々に電話を切った。「母さん、また電話するわ。リリーによろしくね」

「いつ来るって？」

ラーラは彼のほうを見ずに明るい声で答えた。「来ないわ」

「すると、君が向こうへ行くのか？」もし行ったら帰ってこないのではないか、とラウルは心配だった。

「いいえ」

彼女は何を言っているんだ？「ラーラ、僕の顔を見てくれないか？」

ラーラは重いため息をついて顔を上げ、赤い髪を後ろに払った。「そんな目で私を見ないで。母には話さなかったのよ」

ラウルは彼女を見つめた。「話さなかった?」

「妊娠のことも話していないのに、流産した、なんてとても言えないわ」

ラーラは唇を噛《か》み、髪を耳の後ろにかけた。手の甲には大きな絆創膏《ばんそうこう》が貼られている。ラウルの顔に浮かんでいたいらだちが消え、動揺と優しさが入り混じったものになった。

ラーラの頬を涙が伝い落ちた。彼女は怒ったようなしぐさで頬をぬぐった。「私が決めたことよ。勝手に母に話したりしたら、絶対許さないから!」

「わかったよ」

ラウルが穏やかに応じたので、ラーラは困惑した。彼女が遠慮なく感情を爆発させたことを喜んでいるのだろうか。

「リリーは赤ちゃんの父親を教えてくれないの。彼女も秘密を持っているのよ」ラーラは唾をのみ、唇を噛んで続けた。「リリーのことは喜んであげたい。でも、私はいい人じゃないの。どうして姉には子供が生まれ、私はだめだったのか――そう考えてしまう」うなだれ、両手で顔を覆って小声で続ける。「私は悪い人間だわ」

ラーラのくぐもった声を聞き、ラウルは動揺した。彼女を抱きしめれば僕自身は救われるかもしれないが、彼女のほうはそれを必要としているだろうか?

「自分を哀れむのは君らしくないな」ラウルは低い声で言った。

ラーラが顔を上げ、涙に濡《ぬ》れた目で彼をにらみつけたので、ラウルはほほ笑んだ。

「そのほうがいい。君とリリーのあいだに微妙な溝ができてしまったのは残念だよ」

ラーラはかすれた声で応じた。「リリーがどう思っているかは知らないけれど、私たちはいままで隠し事をせず、なんでも話し合ってきたの」

彼女が無理に笑おうとしてみせたので、ラウルは胸がつぶれそうになった。

「こんな話、聞きたくないわね」

確かにラウルは聞きたくなかった。罪悪感を感じるのは楽しいことではない。双子のあいだに距離が生まれた最大の原因は、ラーラの結婚に秘密があり、それを姉に隠していたことだ。それもまた彼のせいだった。ラーラとかかわりを持って以来、ラウルは彼女を傷つけ悲しませることしかしていない。

「僕がリリーと話をしようか?」

「あなたが? なんて言うつもり?」

ラーラは目を丸くしたが、ラウル自身も自らの申し出に驚いていた。返事のしようがなく、彼は沈黙した。正直、どんなふうに話すか見当もつかず、なぜこんな提案を持ちだしたのかもわからなかった。

罪悪感からだろうか？

「別に仲たがいしたわけじゃないわ……大丈夫よ。私、ちょっと弱気になっているのね」

「それも当然だろう」

ラーラに問題があるとしたら、自分に厳しく、他人に助けを求めない点だ。そのうえつむじ曲がりで、何かを提案されるとその逆をしようとする。

そう、ラーラは反抗的で生意気だ。しかし、彼女の目から悲しみをぬぐい取るためなら、ラウルはどんな厄介事でも引き受けるつもりだった。

ラーラはかぶりを振った。「近頃のはやりかもしれないけれど、私に話し合い療法《トーキング・セラピー》は必要ないわ」

すでに、ラーラは医師から勧められたカウンセリングを断っていた。見知らぬ他人に個人的な事情を打ち明けたところで、何かがよくなるとは思えない。

彼女は決心した。これまでと同じく、今回も心に大きな壁をこしらえ、つらい思いを覆い隠せばいい、と。

「私は家に帰りたいだけよ」

11

屋敷《パラッツォ》の玄関ホールに初めて足を踏み入れた日、ラーラは建物の壮大さと歴史の重みに圧倒された。古めかしい壁の隙間から、ラウルの祖先たちが彼女を非難するように見下ろしている気がした。

それでも、ラーラは気圧《けお》された様子を見せまいとした。彼女の両親が働き、いまも母が管理人を務めている屋敷は同じくらい歴史のある建物だ。私自身もそうした環境で育ったのだから、ひるむことはない――そんなふうに自分を励ましたものだった。

いま、衣類に病院の匂いをとどめたまま玄関ホールに入ったとき、ラーラは美しいタペストリーに飾られた石壁が彼女を温かく迎えてくれたように感じた。住み慣れた家に帰ったような安心感があった。

いつから感じ方が変わったのだろう？

「あれは何かしら？」

「わからないな」ラウルは先に立ってホールを横切り、中央にある象嵌《ぞうがん》模様《もよう》のテーブルに歩み寄った。彼は振り返り、そばに来るようラーラを手招きした。「君にだよ」

「私に？」

ララはテーブルに並べられた贈り物に目を見張り、ラウルは彼女の顔にさまざまな感情が浮かんでは消えるのを見守った。

パラッツォの園芸責任者が用意した美しいばらの花束を手に、ララはラウルを見返した。その責任者は不愛想な男性だが、園芸関係のイベントで毎年のように受賞している。彼の育てた花は一般の市場には出ない、貴重な品種ばかりだった。ララは目を閉じ、豊かな香りを嗅いだ。

「マーグリートは私の大好きなビスケットを焼いてくれたわ。アーモンド入りのを」

ララはもう一つ見落としていたものに気づき、声をつまらせた。光沢紙の表紙がつややかに光る雑誌の束だった。かわいらしいリボンで結ばれている。「ローザだわ」添えられていたカードを読む前に、彼女はほほ笑みを浮かべた。

「ローザって誰だい？」

「キッチンの手伝いをしている娘さんで、大学で美術を専攻しているの。雑誌を貸してあげたことがあるのよ」

いつの間にか、ララは使用人たちとすっかり親しくなっていた。それも不思議ではない、とラウルは思った。ここでの暮らしが始まるや、地所内で働く者たちについて、彼女はあっという間に彼よりもずっと詳しくなったのだから。

「みんな優しいわ」

「君は彼らの心をつかんでいるんだね」

ラーラは目をそらし、顔に表れているはずの真実を花束の陰に隠した。彼女がつかみたい心は一つだけであり、それは彼女のものにはならない。けれど、ラウルの心をつかめなくても、彼の子供を産むことはできる。それだけは愛する人に与えることができる。

「あらためてきくけれど、まじめな話なの、もう一度子供をつくろうというのは？」ラーラは真剣な顔で尋ねた。

「ああ」

ルーシーとの結婚以来、祖父がその話題を持ちだしても、ラウルは決して取り合おうとしなかった。家庭には愛情が必要であり、それなくして家庭はありえない、と思っていた。ところが、予定外とはいえ子供を授かり、自分を偽っていたことに気づいた。彼は跡取りとなる子供が欲しかった。それも、ラーラとのあいだに。

「私もそうしたいわ」ラーラが問いかけるように彼を見る。

「いま決める必要はない。あとで話し合おう」

「あとって、いつ？」

「日取りまで決めたいのか？　体の回復には時間がかかる。一年は待ってみて……」

「一年ですって！」ラーラは大声を出した。

「わかった、九カ月にしよう」
「私の気持ちは変わらないわ」
言いながら、ラーラは胸の内で考えていた。彼の気は変わるかもしれない、と。

ラウルは家族の輪から少し離れて立ち、赤ん坊の額にキスをするラーラを見ていた。彼は何もできず、錆《さ》びついたナイフで胃の腑《ふ》をえぐられているような気分だった。リリーも、彼女とラーラの母親エリザベスも、赤ん坊に夢中で何も気づかない。

ラーラが背筋を伸ばし、つらい胸の内を隠して微笑したとき、ラウルは賞賛すべきか嘆くべきかわからなかった。

「あなたでよかったわ、リリー。私はお気に入りの服が着られなくなったら困るもの」ラーラは人生にウエストライン以外の悩みなどないかのように言い、平らなおなかを撫《な》でてみせた。

過去に何度、彼女はこんなふうに自分の気持ちを封じてきたのだろう？ 彼女の感情は読み取りやすいと思っていたが、それは思い違いだったのではないか？

ラウルはこの滞在を早めに切りあげることも考えていたが、それはラーラの心中を思っての配慮ではなかった。彼女は見事に傷心を隠し、明るく振る舞っている。そんな彼女を見ながら、流産の件を明かさないという約束を守れるか、我ながら自信がなかったのだ。

「あっという間に大きくなるのね」ラーラは床に落ちたおもちゃを拾いながら言った。

「一年ぶりですもの」リリーがうなずく。

前回の訪問はリリーの出産直後だった。流産から二週間しかたっていなかったのに、ラーラはどうしても姉に会いに行くと言って聞かなかった。ラウルはむろん反対したが、ラーラが一人でも行くと言い張ったので、しかたなく彼も同行した。

悪夢のような訪問だった。リリーの病室にいるあいだ、ラーラは気丈に振る舞い、赤ん坊を抱いて姉にお祝いを言ったが、病院を出たとたんに彼女は泣き崩れた。

帰りの飛行機内を含め、その後二日間ほど、ラーラは泣き暮らした。それから今日まで、実家への訪問はずっと避けてきたのだ。

「じゃあね、エミリー。いい子にするのよ」

ピンク色のかわいらしい服を着た赤ん坊が、ラーラの髪をつかむ。

「だめよ、エミリー・ローズ」リリーが小さな手を離させた。

ラーラが背筋を伸ばした拍子に喉のあたりがこわばるのを、ラウルは見逃さなかった。流産を秘密にするのは間違いだったかもしれないが、それは彼女の決めたことであり、その選択を尊重したかった。

彼は咳払《せきばら》いをしつつ、携帯電話の時刻表示

をこれ見よがしに示した。「申し訳ないが、このあと用事があるんです」

リリーとエリザベスがラーラを名残惜しそうに見る。ラウルはいかにも独善的な冷たい男という態度で妻の腕を取り、ヘリコプターのローター音に負けじと声を張った。「さあ、失礼しよう」

ラウルは会釈をし、ラーラの腕を引いて歩きだした。ラーラはハイヒールで小走りについてきた。リリーと母親が背後から心配そうに見送っている。

ヘリコプターが離陸し、眼下の人影が見えなくなると、ラーラは震えるため息をもらし、目を閉じて座席の背にもたれた。「急ぎの用事なんてないんでしょう？」

「ああ。あれ以上いたら、どうなっていたかわからないだろう」

ラーラはかぶりを振った。「みんなに会えてうれしかったわ」

彼女は家族から離れて暮らしていることを後悔しているのだろうか？　ラウルはその可能性を考えまいとした。

「リリーも母も、赤ん坊に夢中だったわね」

ラウルは眉を上げた。「そして、誰も父親のことは話題にしない」

ラーラは目を見開き、座席から身を乗りだした。「まさか、あなた……？」

「その話題は厳禁だと君が言っただろう？

何も言わなかったよ」

「リリーは誰にも言わないの。私にもよ。それより、ラウル……もうじき一年になるけれど、私の気持ちは変わらないわ」

ララは胸中の懊悩《おうのう》とは裏腹に言った。時間が必要という彼の言葉に一年前は腹を立てたが、いまはその提案に感謝している。この数カ月間、彼女の心は千々に乱れていた。

ララは胸に手を当てて続けた。「ただ、感じ方は変わったけれど。無性に悲しい日があるかと思うと、他人事のように感じる日もあるの。ずいぶん世話が焼けたでしょう、契約には含まれていないことなのに」

「君を妊娠させた時点で、僕が契約に違反したんだ」

「罪悪感が私たちを結びつけているのね」

そのとおりだと言えればよいが、とラウルは思った。そうであれば、物事はずっと簡単に片づく。確かに罪悪感もあるが、彼女と一緒にいる理由はそれだけではない。自分でも知りたくない理由がほかにある。

「もっと前には違う気持ちだったんじゃないか？　僕の思い違いだったのかな？」

ララは驚いた顔で彼を見た。「しばらくのあいだ、新たに子供をつくるのは流産してしまった子を裏切ることになる、と感じていたわ。変に思うでしょうけれど」

「そんなことはない」

ラーラは視線をそらした。「私たちには子供はできないかもしれないわね」

「できるさ」力をこめて返す。「もしできなくても、それは努力が足りないからではないはずだ」

「あなたも気持ちは変わっていないの?」

ラーラが笑うのを見て、ラウルは強い興奮を覚えた。あらためて、彼女の笑い声をほとんど聞いていないと気づく。それを聞くためなら、彼はどんなことでもするだろう。

「変わっていない」ラウルは静かに答えた。

「それじゃ、どう?」彼の目を見つめたまま、ラーラは靴を脱いだ。緑色の瞳を輝かせ、はだしの足をゆっくりと彼の腿にかける。


ラウルは首筋が熱くなるのを感じた。ラーラの足が腿のあいだに滑りこむと、その熱が全身に広がった。「このヘリの中で……?」

ラーラはいたずらっぽく笑い、足を引っこめた。「飛行機まで待ちましょうか。せっかく自家用機を持っているんだもの、機内の寝室を利用しない手はないわね」

「君の考え方は好きだよ」

赤ん坊はこうしてつくられるべきだ――そう考えながらラウルは応じた。

12

八カ月後。

二十年前まで屋敷《パラッツオ》で開かれていた仮面舞踏会を慈善パーティとして復活させてはどうか――というのはラーラの発案だった。もしラウルが本音をきかれたら、敷地を取り囲んでいる高い壁を指さし、これは他人を入れないためのものだ、と答えただろう。

しかし、ラーラの楽しげな様子に水を差すのはためらわれた。結果的に認めた形になったが、それ以後何度か、反対すべきだったと悔やんだこともある。仕出し業者やミュージシャン、そのほかさまざまな業種の連中が家に出入りし、彼をいらだたせた。

とはいえ、苦労の甲斐《かい》はあったようだ。今夜の盛況ぶりがその成功を伝えている。

部屋の反対側にいても、ラウルにはラーラの笑い声が聞こえた。彼女が首をそらして笑うと、この催しのために金庫から出されたエメラルドのネックレスが揺れ、大きく開いた胸元の真っ白な肌の上で輝いた。

いまラーラがまとっているあまりにも露出の多いドレスは、少し前に夫婦げんかを引き起こした元凶だ。

ラウルはその光景を思い返した。それはラーラが両の手に二人の仮面を携え、衣装室から出てきたときのことだった。

彼女の黒いドレスを目にしたとたん、ラウルは喉の奥から低いうめき声をもらした。彼はそれを脱がせることしか考えられなくなってしまった。

「そのドレスはだめだ！」

いま思えばもっとうまい対処のしかたもあったが、それは後知恵というものだろう。

ラーラが笑みを消し、顎をぐいと上げて、彼の仮面を無造作に放ってよこした。ラウルは反射的にそれを受け止めた。

「私の衣装選びに何か文句があるわけ？」

ラーラの口調は不気味に静かだった。疑いなく、このあとには怒りの爆発が控えている。ラウルはその光景を思い描き、激しい興奮といらだちを覚えた。

「なんでも自分の思いどおりにしないと気がすまないのか？」ラウルは言い返した。このところ、結局は彼が折れるというパターンの繰り返しだ。そろそろ彼女に思い知らせるべきだろう。

「あなたは妥協や忍耐という言葉を知っているのかしら？」

「なんだって？　現行犯で逮捕されかねないようなドレスを、自分の妻に着てほしいと思ラーラがお願い、とささやいたので、ラウルは煽情的《せんじようてき》なドレスのファスナーを下ろし始めた。ラウルの脳裏にはドレスが彼女の足元に落ちる光景が映っていたのに、ラーラは突然身をこわばらせて彼から離れ、両手を後ろにまわしてファスナーを戻した。

「そうやって誘惑すれば、私がおとなしく従うと思っているんでしょう！」

ラウルは強いいらだちを感じながら距離をつめた。もう少しで癇癪《かんしやく》を起こしそうだった。彼の表情に気圧《けお》されたのか、ラーラは彼が進むにつれて後ずさったが、天蓋つきベッドにその足を遮られた。

「自分からベッドに行ったじゃないか、ラーう男など——」

「私が売春婦みたいだと言いたいの？」緑色の瞳が怒りにきらめく。

「そんなことは言っていない」

「どこかの男が短絡的な考え方しかできなくても、私の知ったことじゃないわ！」

ラウルは彼女の背中に手を伸ばして抱き寄せた。ラーラが思わず身を震わせ、古めかしい仮面を取り落とす。

「僕は〝どこかの男〟じゃない。君の夫だ」

ラウルは激しい欲望に圧倒され、いまの口論も、その本当の理由も、じきに到着するはずの何百人という客たちのことも忘れてしまった。「僕が脱がしてやろうか……？」

ラ」

「傲慢な人ね」

息を乱してにらみ合う二人のあいだに、張りつめた気配が満ちる。

ラーラがラウルにもたれかかり、もう少しで唇が重なるというとき、大きなノックの音が響き、彼女ははっと背筋を伸ばした。

「どうぞ！」ラーラは大きな声で応じ、悪態をつこうとするラウルを目で制した。

「すみません」ドア口に立った女性が口を開く。「氷の彫像の件で手違いがありまして。手配の業者が……」

ラウルが不満げなうなり声をあげたので、女性は言葉を切った。この女性が誰なのか、彼はまったく知らなかった。先週どこかで見た顔かもしれないが。

「心配しないで、サラ。いますぐ様子を見に行くから。少し待っていてくれる？」

ドアが閉まるのを待ってから、ラーラはラウルに向き直った。「あんなに無礼な態度をとる必要があったかしら？」

「僕が悪いのか？」

「そうよ！　愛想笑いくらいしてもいいでしょう。彼女、怖がっていたわ」

「君は怖がらないのか」

言い返しながらも、ラウルは怒りが不安へと変化するのを感じた。ラーラはとても疲れているようだ。目の下の隈《くま》は化粧で隠せても、浮きあがった鎖骨は隠せない。

「ずいぶんくたびれた顔だな。何もかも一人でやろうなんて無理がある」

この催しの準備をすべて取り仕切る、というラーラの情熱は度を超していた。ラウルが彼女を手伝うためにわざわざ時間をつくっても、それを喜ぶどころか、業者の都合を優先して彼を待たせたりもした。ラウルは精いっぱいの理解を示したつもりだった。だが、それにしても……。

妻に無視されて不満、というわけではない。ラーラがいつでも従順に彼の指示を待っている、などとは期待もしていなかった。ラーラの疲れた顔は心配だったが、ラウルは催しの重要性を理解していたし、彼女の打ちこみ方に感心もしていた。

何事にも全力で取り組むのがラーラだ。ラウルは考えこみながら、彼女の蠱惑的《こわくてき》なドレスを眺めた。僕がこれほど激しい興奮を覚えるのだから、ほかにも同じ反応をする男がいるのではないか？

「君はどこまでやる気なんだ？　スープを配るのも、オーケストラの指揮も、全部一人でやるつもりか？」

ちゃかすように問われ、ラーラは怒りに頬を紅潮させた。視線を合わせたまま、毅然《きぜん》と顎を上げる。「すべてを完璧にしたいの」決断を後悔した瞬間もあったが、それを彼の前で認める気はない。最も理解してほしい人は感心していないようだけれど、目的は誰かに褒めてもらうことではなく、慈善なのだ。

「あなたも少しは協力してくれない？」

「ずいぶん神経質になっているんだな。大事なのは金持ち連中を酔っ払わせ、財布のひもをゆるませることだけさ。ホスト役がとやかく言われることはない。考えすぎだよ」

「さっき、私のドレスに文句をつけたでしょう。そういうことが気になるの」

ラーラは仮面を拾いあげて顔につけた。顔の上半分が隠れ、真紅の口紅に彩られた唇や丸い頬は見えている。喉元に輝く宝石と同じ緑色の瞳が、細い隙間からのぞいていた。


「子供はできないかもしれないけれど、パーティの手配ならできるのよ！」

ラウルの推測どおりだった。タイミングがすべてを物語っている。彼と体外受精について大げんかをした翌日、ラーラは仮面舞踏会の話を持ちだしたのだ。

ラーラはため息をつき、仮面を外した。不安な心は仮面などでは隠せない。

魅惑的な女性は姿を消した。彼女の顔には心の痛みがまざまざと表れていた。

「子供ができないと決まったわけじゃない」

二人で検査を受けたが、なんの問題も見つからなかった。生理はいつも予定どおりに訪れ、そのたびにラーラは落ちこんだ。

「だったら、どうしてできないの?」

ラウルは目を閉じ、苦しげに答えた。「もしかしたら頑張りすぎなんじゃないか? 一度すべてを忘れてみたらどうだろう。肩の力を抜いてね。妊娠のことばかり考えるのをやめたら、うまくいくかもしれない」

ラーラは口を固く結んだ。ラウルがそう言うのは簡単だ。うまくいかなかったとき、終わりを宣告されるのは彼ではないのだから。彼には思い入れもない。ただ肩をすくめて立ち去り、遺伝子を子供に引き継いでくれる別の女性を探すだけですむ。

彼は二人の結婚に時間と労力を注ぎこんでくれた。その事実は否定できない。正直に言えば、彼は予想以上のことをしてくれた。ただ、心を注ぎこんではくれなかった。

それでも、不当だと抗議する気はない。自分の意志で決めたことだった。彼は赤ん坊以上のものを求めるふりなどしていない。

「あなたには心ってものがあるのかしら?」

この見当違いのとんでもない非難を受け、ラウルの中にかろうじて残っていた忍耐力が底をつきそうになった。「僕の心に興味があるとは思わなかったな」

たいていの男性は彼の立場を羨むだろう。ラーラはいくら抱かれても彼に飽きないようで、いつでも彼の求めに応じた。だが、常に彼を悩ませている疑念があった。はたして彼女の欲望は本物なのだろうか？

〝おまえは満足というものを知らないんだな、ラウル。何が望みなんだ、愛情か？〟

理性的になれ、とラウルは己を戒めた。

「どうせ、あなたは舞踏会が失敗すればいいと思っているんでしょう！」

ラウルは発作的に仮面を窓の外に投げ捨てた。ラーラは泣きながら出ていったが、靴を取りに戻ってこなければならず、劇的効果は台なしになった。

その光景を思い出し、ラウルは口元にうっすらと笑みを浮かべた。国際的に活躍している歌手がステージに上がり、この慈善パーティの主旨を説明し始めた。ラウルは首を伸ばしてラーラを探した。

若い男性がラーラの耳元に口を寄せ、何事かささやいている。メディア業界の大物の息子だ。ラウルは一度、夕食会の席で彼と隣り合わせたことがあったが、メインの料理が出てくる前に退屈で眠くなったものだった。

ところが、ラーラに退屈する様子はなく、緑色の瞳を輝かせている。男性が彼女の腕に触れ……ラウルの頭の中で何かが音をたててはじけた。耳元の血管が激しく脈打つのを感じながら、彼は部屋を横切っていった。

ラーラは冗談の落ちが理解できないまま、愛想笑いの声をあげた。彼女は必死にホステス役を務めていたが、それにも限界があった。この男性の話はあまりにもつまらない。そのとき、近づいてくるラウルに気づいた。

人混みの中、二人の目が合う。彼はその場で一人だけ仮面をつけていなかった。視線がぶつかったとき、ラーラは自分の仮面に感謝した。それほどに彼の目は険しかった。

ラウルは山猫のごとく優雅で危険な気配を漂わせている。ラーラにできるのは、その場から逃げださずにいることだけだった。

ラーラは深く息を吸い、まだ次の落ちまで達していない退屈な話に意識を戻した。これだけしゃべっていながら内容が何もないとは、どうにも不思議なことだった。

ラウルが彼女の横にたどりついたのは、ちょうどバンドが有名な曲を演奏し始めたときだった。部屋に期待感が満ち、全員の目がステージに向けられた。いや、全員ではなかった。ラウルはラーラを見ていた。

ラウルが手を差し伸べた。「踊ろう」

彼の目がラーラの横でおしゃべりを続ける男性にとまる。ラウルが現れた瞬間、ラーラの頭からは男性の存在が消えうせていた。男性はおびえた顔で離れていった。

それも無理はない。狼《おおかみ》が笑うとしたら、それはいまのラウルのような顔になるだろう。

「踊りたくないわ」

ゆったりとした曲が室内を満たし、客の何

人かが踊り始めた。

「君がどうしたいかは関係ない。僕が踊りたいんだ」

ラウルに抱き寄せられ、ラーラは身をこわばらせた。だがすぐに力を抜き、官能的な曲調に合わせて体を揺らす。ラウルがさりげなくフレンチドアへと向かっているのに気づくまで、ラーラは彼の意図を理解していなかった。庭に出ると、仮面を飾るリボンがそよ風に揺れた。

「そいつを外してくれ」ラウルは彼女の手首をつかみ、仮面を引き下ろした。「ああ、君《ディオ》は本当に美しい」

ラーラの全身に細かな震えが広がった。ラウルが顔を寄せ、誘いかけるようなキスをした。彼女の唇を開かせ、舌先を差し入れる。

「だめよ、ラウル。お客様が見ているわ」

「夫が妻にキスをしてはいけないのか？」

彼のキスは人前でするにはあまりにも刺激的すぎる。

「嫉妬していたんだ」

思いがけない告白に、ラーラは驚いた。

「そうさせたかったんだろう？」

彼の問いに、ラーラは目を見開いた。「私が意地悪みたいに言うのね」言い返したものの、傷ついた心は震える声に表れている。

「僕たち夫婦はうまくいっていないな。けんかをしないのはベッドの中だけだ」

ラーラは深く息を吸った。反抗的な気分がしぼみ、涙がこみあげる。いつかはこんなときが来ると思っていた。

「では、離婚したいというの？　もっとプライベートな場所で言われると思っていたわ」

「ここはプライベートな場所だ。僕の家だぞ」

「あなたが舞踏会に乗り気じゃないと知っていたのに、話を進めて悪かったわ。ごめんなさい」赤ちゃんのときと同じだ。「それでも、自分の力でできることがしたかったの。忙しくしていないと、どうしてもいろいろ考えてしまうのよ」

「ラーラ、僕たちは同じことを望んでいるんだ。離婚はしたくない。少し、赤ん坊のことから離れてみないか？　その問題を最優先しなければいけないわけではないだろう？」

最優先するのは当然だ。二人が一緒にいる唯一の理由なのだから。

「ごめんなさい。私、むきになっていたわ」

「ホステスの仕事は終わったかな？」

「ええ、だいたいは」

「では、二人で抜けだして飲み直そうか？」

「いいわね」

13

「チャールズが今年はいい年になるだろうと言っている。当たり年だってね。君が人一倍働くから、新しいアシスタントはいらないそうだ。君を正式に雇うべきかな？」

「ここの仕事は面白いのよ」ラーラは認めた。

ぶどう園の管理室まで歩いて汗をかいたので、ラーラはそよ風に頬を向けた。もっとも、シャツをはだけたラウルが近くに立っていては、体が冷えることは望めない。彼の金色の素肌があらわになり、引きしまった腹部で銀のバックルが光っている。

「そろそろ掃除が終わったかもしれないわね。もしもゆうべ――」

「ゆうべのことは忘れよう」

ラーラには忘れたくない事柄があった。水を飲んでいたラウルがペットボトルを掲げ、残りの水を頭からかぶるのを見て、ラーラはシャツの襟元を押さえた。どうしよう！　彼女は目を閉じ、興奮が静まるよう祈った。

からになったボトルを潰す音に、ラーラは目を開けた。ラウルの額には濡《ぬ》れた髪が張りつき、シャツにも染みができている。

「あそこの木が見えるか？　僕が六歳、ジェイミーが八歳のとき、幹に名前を彫った。僕がのぞきこんで後ろから押したものだから、ジェイミーはナイフで手を切った」

彼がいま見ているのは前方の木ではなく過去の光景らしい。ラーラは胸がつまった。

ラウルは同じ方向を見つめたまま、さりげなく話題を変えた。「今後の数カ月はニューヨークへ頻繁に出かけることになる」

「ニューヨークへ？」

「そうだ。ここにいても法的な手続きはできると思っていたが、うまくいかない。大事な契約だから、ニューヨークでの手続きを直接見届けたいんだ」

「何度も往復することになるのね？」ラーラは何度も孤独な夜を過ごすことになる。

「そうかもしれない。だが、代案がある」

ラウルが次に何を言いだすか、ラーラには見当がついた。大きな損失が出る前に早めに手を引こうというのだろう。

「向こうに引っ越さないか。家ならある」

ラーラは驚いた。「私も一緒に行くの？」

「場所が変われば、きっといい気分転換になるだろう。それに、ニューヨークには優秀な体外受精の専門医がいる」

「本気なの、ラウル？」ラーラは希望に胸を躍らせた。

「彼の意見を聞いてみようと思う。確かなことは何もないが、話し合ってみよう。その方法をとるのはまだ早いとは思っているが」

ラーラは喜びに喉がつまりそうだった。

「私のために考えてくれるのね？」

「意見を聞くだけだよ、ラーラ。あまり期待しないでくれ」

ラーラは目を輝かせてかぶりを振り、彼に抱きついた。「いつ行くの？」

ニューヨークに引っ越した翌月、二人は専門医の予約を取った。予約当日の午後、ラウルが早めに帰宅したとき、ラーラはまだナイトドレス姿で、その朝彼が出かけたときと同じ場所に座っていた。

「どうしたんだ？」ラウルは椅子の横に両膝をつき、彼女の冷たい手を握った。

「リリーから電話があったの。エミリーが病気で、入院しているそうよ」ラーラはあえぐように答えた。

「深刻なのか？」

ラーラはうなずいた。「とてもね。命にかかわるって……。しばらく前から病気だったのに、教えてくれなかったの」

ラーラはいまにも泣きだしそうだった。姉との関係がいかに疎遠になっていたか、あらためて知らされた思いだった。

ラウルが彼女を抱き寄せると、ラーラは彼の肩に顔を押しつけてすすり泣いた。

「明日の朝、行こう。治療は万全なのか？

よければ僕が費用を――」

ラーラは涙に濡れた顔を上げ、首を横に振った。「リリーは望まないわ。立場が逆なら、私も姉に来てほしいとは思わないもの。いずれにせよ、私たちの助けは必要ないの。ベンがいるから」

「ベンというのは？」

「ベン・ウォリンダー、エミリーの父親よ。まだ信じられない。うちの地主で、昔からの知り合いだったのに、話してくれなかった。リリーはすごく悩んだに違いないわ！」

「予約はキャンセルしたのか？」

ラーラはぽかんとして彼を見た。

「ドクター・カーライルの予約だよ」

「忘れていたわ。電話してくれる？」

「もちろんだ」ラウルは携帯電話を取りだし、マンハッタンとハドソン川を見渡せる大きな窓のほうへ移動した。

彼が電話をしているあいだ、ラーラは座ったまま、気持ちを静めようとしていた。

「大丈夫だ。予約は取り直せばいい」

ラーラが両手で髪をかきあげ、顔をこする。

「ありがとう。頭が働かないわ。もし、エミリーに万一のことがあったら……」

「君ならリリーの気持ちを理解してやれるだろう。赤ん坊を亡くしているんだから」

電話を終えたラウルが低い声で言うと、ラーラは彼をちらりと見た。

「それとこれとは違うわ」

ラウルは肩をすくめた。案じ顔で彼女を見下ろし、手を差しだす。「ひどい顔をしているね。おいで。少し眠ったほうがいい」

ラーラは彼の手を取り、従順に寝室へ行った。だが、一歩一歩が大儀そうだった。

ベッドの前で、ラーラは彼を見ずに言った。

「抱いてくれる、ラウル？　そうしてくれたら、少しは気分が楽になりそう」

こんな頼みは自尊心のない者がすることかもしれない。けれど、ラウルの前で自尊心なんど持ちだしても、なんの意味もない。

彼への愛情が胸にあふれだし、ラーラは涙ぐんだ。ラウルは私の愛を欲していない。彼が欲しいのは子供だけで、私にはそれさえ与えられない。

ラウルに名前を呼ばれ、ラーラは顔を向けた。その拍子に二人の唇が重なった。キスは深く、情熱的で、そのうえ信じられないほど優しかった。

ラウルは彼女をベッドに横たえ、何も言わずにナイトドレスを脱がせた。彼も服を脱ぎ、ラーラに覆いかぶさる。

ラーラの閉じたまぶたの上に、彼の唇が軽く触れる。彼に抱き寄せられても、ラーラは目を閉じたままでいた。彼の手や唇に触れられる喜びに、すっかり身をゆだねた。いついかなるときも、ラウルは彼女のどこにどのように触れればよいのかを心得ている。

ラーラの体が充分に熱を帯びるまで待ってから、ラウルは彼女の中に入った。深々と貫き、二人が一つになる感覚を楽しむ。優しさと情熱がない交ぜになり、ラーラは喜びの涙を流した。興奮した二つの叫び声が混じり合い、二人は究極の幸福感をともに味わった。

ラウルに背後から抱かれたとき、ラーラは手を背中にまわして彼の手を自分の胸元に引き寄せた。彼に抱かれたまま、愛されていると感じながら眠りに落ちた。心の奥底では、それが幻影にすぎないと知りながらも。

ラーラはリリーから涙ながらの電話を受けた。それは喜びの涙だった。エミリーは快方に向かっているという。ラーラはすぐさまラウルに連絡を入れた。一秒でも早く吉報を伝えたかったのに、彼は電話に出なかった。

ラーラはふと思い立ち、お祝いの料理をつくることにした。地元の店も少しわかるようになり、新しい街での買い物は新鮮で楽しかった。

興奮していたせいか、いささか買い物をしすぎてしまった。重い袋をいくつも抱え、アパートメントまで数区画は歩かなければならない。タクシーを拾おうかと思ったとき、見覚えのあるコーヒーショップの前にいることに気づいた。ガイドブックに、ニューヨークを訪れたらぜひ立ち寄るべき、と書かれていた店だ。

ラーラは窓際のテーブルにつき、デニッシュとコーヒーを注文した。コーヒーは彼女の好みの味ではなかったが、窓外を行き交う人々の様子を眺めるのは楽しかった。

デニッシュをかじったとき、その姿が目に入り、ラーラはデニッシュを取り落とした。向かい側のホテルの前で、ラウルが暗い色の髪の女性にキスをしていた。

ラーラは息をのみ、憤然として席を立った。固い決意とともに肩をそびやかす。見なかったふりをするなど、絶対にありえない。

「荷物をお忘れですよ。お支払いも！」

「荷物はあずかって……お釣りは結構よ！」ラーラはウエイターの手に紙幣を押しつけた。

信号が変わりそうになり、彼女は走った。道を渡りきったときは息が切れていた。人混みをかきわけ、勢い余って、ラウルに肩を抱かれていた女性にぶつかりそうになった。

その女性はナオミだった。

「ラーラ！」ラウルが目を丸くする。

ラーラは手を上げて彼を制し、ナオミを見据えた。「あなたが何を考えているのか知らないし、知りたくもない。とにかく私にかかわらないで。夫を放っておいてちょうだい！」

ナオミが悲鳴のような声をあげた。

「赤毛の女性を怒らせるものじゃないな」ちゃかすような声がラーラの怒りに水を差す。彼女はラウルのほうにゆっくりと向き直った。「人前で妻以外の女性とキスをするものじゃないわ」

ラウルは笑みを消した。「特別に意味のあるキスじゃない。ナオミは困っていて……」彼は険しい顔でナオミを見た。「ご主人から離婚を言いだされたのは気の毒だよ。だが、僕は君を慰めるような仲ではないし、これまでにそうだったこともない」

「彼の言うとおりよ、ナオミ。私は夫を信じる」ラウルとのあいだにどんな邪魔が入ろうと、それがナオミであるはずはない！

ラーラはナオミが立ち去るのをろくに見もせず、ラウルに一歩近づいた。「腹が立ったし、傷ついたわ。愛する男性がほかの女性とキスしているのを見れば、誰だってそうなるでしょう」

ラウルが身をこわばらせる。「ラーラ」

警告するような彼の口調を無視し、ラーラは続けた。「こんな話を聞きたくないのはわかっているわ。だけど言わせて。もう自分をごまかすのはいやなの。ラウル、愛しているわ。どうしようもないの。たとえ愛してくれなくても……」ラーラは唇を噛《か》み、力なく頭を振った。「あなたの気持ちを知りたい」

ラウルは必死に問いかける目を見返した。

彼は自分も愛していると言いたかったが、長年感情を排してきた彼の心は固く閉ざされ、すぐには言葉が出てこなかった。

何秒かが過ぎ、希望が消えるとともに、ラーラの鼓動も静まった。ラウルはいかめしい顔で黙ってその場に立っている。小雨が降り始め、彼の黒髪を濡らしていった。

ラーラは永遠に待つことも厭《いと》わない気持ちだったが、ラウルが口を開く気配はなかった。それでも、彼女にとって答えは明白だった。

「わかったわ」

去っていくラーラの細い肩を見るまいと、ラウルは目を閉じた。彼女を追いかけたいという衝動を抑えこみ、うまくいくはずがないと自分に言い聞かせる。彼女が与えてくれるものを返すことは、僕にはできない。僕はなんの価値もない男だ！

ラーラはなぜ、こんな男を愛しているなどと言ったのだろう？

アパートメントに帰り着くや、ラーラはすぐさま浴室へ行って吐いた。口をゆすいでから寝室へ行き、からっぽの心のまま、荷物をまとめた。

書き置きは短く、用件のみだった。

〈家に帰ります。連絡はよこさないでちょうだい。赤ちゃんには愛し合う両親が必要よ〉

ロンドン行きの飛行機は遅延も事故もなく、

定刻どおり到着した。ラーラは市内の平凡なホテルにチェックインしてから、ホテル名だけをリリーにメールで知らせた。

心の傷が癒えることはないように思えた。ラーラは激しい怒りに駆られ、その一方で、自己憐憫《じこれんびん》に押しつぶされそうだった。倦怠感《けんたいかん》が波のように襲い、体が重い。めまいと吐き気もする。

滞在三日目、その原因は精神的なものだけではない、と不意に気づいた。

まさか、ありえない！　小さな箱のような部屋で、彼女はその言葉をつぶやき続けた。

午前三時ごろ、ラーラはようやく眠りに落ちた。ラウルと初めて会ったときの赤いワンピースを着たままで。絶望のあまり、自暴自棄な気分になっていた。

惨めな気分で目覚め、自分の着ているものを見下ろした。なぜこれを荷物に入れたのか、そもそもなぜニューヨークに持っていったのか、わからない。おそらく、前夜にそれを着てみたのと同じ、愚かで感傷的な理由からだろう。

もはや事実から目をそむけてはいられない。ドアへ向かう途中で、足を止めて鎮痛剤をのんだ。だが薬をのみこんでから、誤って抗ヒスタミン剤をのんだことに気づいた。

ドラッグストアには鎮痛剤もあるだろう。

ただし、彼女の主目的は別のものだった。

大通りを歩いている途中、赤いワンピースを着たままだと気づいた。気が急《せ》いていたので、着替えに戻ろうとは思わなかった。

ドラッグストアには化粧室があった。気を揉《も》む時間を引き延ばす気になれず、ラーラはそこを使った。一度化粧室を出て、同じ検査キットを買い、もう一度化粧室に入った。結果は同じだった。

呆然《ぼうぜん》としたまま、ホテルに引き返す。曲がり角を間違えたのか、ふと気づくと道に迷っていた。彼女は苦い既視感に襲われた。

しっかりするのよ、ラーラ！　彼女は額をこすった。抗ヒスタミン剤が効いてきたらしい。追い打ちをかけるように、結婚を祝うにぎやかな一団が登記所の戸口から現れ、ラーラの行く手を阻んだ。

新婚の二人が登場し、コルクを抜く音が響く。少なくとも、ラーラのワンピースはその場になじんでいた。顔を伏せてやり過ごそうとしたものの、両の手にシャンパンの瓶とグラスを掲げた男性が勢いよく後ずさってきたため、避けきれなかった。男性は振り向きざまによろけ、瓶の中身をラーラのワンピースに浴びせた。

「申し訳ない。おわびだ、飲んでくれ」彼は泡立つ液体をグラスにつぎ、ラーラに無理やり持たせた。

謝罪を拒絶するほうが面倒になる。ラーラはシャンパンを二口ほど飲み、残りをさりげなく捨てた。何歩か歩いたところで、過ちに気づいた。抗ヒスタミン剤にアルコールが加わったせいで、体がふらふらし始めた。

ラーラは朦朧《もうろう》とした状態で足を進めた。年配の男性の姿が目に入った。その男性はホテルの前に立っていたが、今回は誰ともキスをしていなかった。男性は驚いた顔で彼女を見つめ……その後は何も覚えていない。泣きながら眠りこむ前にリリーが言ったとおり、おそらくそのほうがよかったのだろう。

14

翌朝、ラーラはベッドで半身を起こし、リリーの姿を見て絶望的な気分になった。姉はいかにも幸せそうに鼻歌を歌っている。

「音程が外れているわよ」

リリーはりんごを剥《む》いていたが、それを置いて歩み寄り、妹の顔をのぞきこんだ。

「鼻に小麦粉がついているわ」ラーラは指摘した。「すっかり家庭的になったのね」

「ちょっとパンを焼いてみようと思ったの。

はやっているのよ、知っていた?」

ラーラは部屋を見まわした。リリーの家の客用寝室だった。「ベンは? ホテルまで来てくれたのは彼だったんでしょう」

リリーがうなずく。「ええ。彼はいま、エミリーを連れて公園に行っているわ。二人で話す時間が必要だろうからって」

ラーラは眉を持ちあげた。「私の酔いっぷりに恐れをなしたのね、きっと。ちょっと飲んだだけなのよ。抗ヒスタミン剤のせいで、酔いがまわってしまったの」

「よく説明しておいたわ。ホテルの荷物はあとで彼に取ってきてもらうわね。ロンドンまで来ておきながらホテル住まいだなんて、ずいぶん水臭いじゃない」

「考える時間が欲しかったの。恥ずかしかったし、あなたが会いたいと思ってくれるかも不安だった。あなたが羨ましかったのよ」

リリーはうなずいた。「なんとなくわかっていたけれど、流産のことまでは知らなかった。あのワンピースは捨てたわよ。かまわなかったでしょう?」

私の人生そのものがごみ箱行きなのだ。ワンピースなど問題ではない。「瓶の半分を浴びせられたの。飲んだのは少しだけ。本当にアレルギーの薬のせいだったのよ」

「わかっているわ」

「あのワンピースはラウルと出会ったときに

着ていたものなの。あのときもすごく落ちこんでいた。自暴自棄になっていたわ」ラーラは涙声で続けた。「彼に言ってしまったのよ、愛しているって」

「いずれにしても、それは時間の問題だったんじゃないかしら」

「これ以上は隠しておけなかった。自分を偽るのはもう無理……彼は私を愛しているふりをしたことはなかったけれど、でも、彼も同じようになればいいと思っていた、心のどこかで。はなからありえない話だったのね」

「彼は知っているの？」

ラーラは顔を上げた。「何を？」

「あなたが妊娠していることよ」

妹が驚いた顔になるのを見て取り、リリーは笑いながら首を横に振った。「テレパシーなんかじゃないの。ゆうべ話してくれたでしょう。いろいろと話したのよ」

ラーラは目を伏せ、小声で言った。「彼は知らないわ」

「あなたの話から判断すると、それを知ったら、彼は大あわてで駆けつけるでしょうね」

ラーラはうなずいた。「きっとね。それがかえってつらいのよ」

ラーラはリリーが差しだしたティッシュを受け取り、スツールを引き寄せた。

「彼に話したかった。それで気持ちも落ち着くかもしれないと思ったけれど、私はそれ以上が欲しいのよ、リリー」

「もちろんよ。彼は本当にあなたを愛していないのかしら？　だって、私が見た限りでは、彼はあなたに夢中のようだったわよ」

「私たちはそれぞれの役を演じていたの。ただ、私は途中から本気になってしまったけれど」しばし言葉を切り、声をあげて笑いだす。「いいえ、それも嘘《うそ》だわ。彼をひと目見たとたん、私は恋に落ちてしまった。まったく、ばかげた話よね？」

リリーは一緒に笑った。「ばかだとは思わないけれど」

「彼のおじい様が亡くなったときに妊娠していなければ、結婚は終わっていた」ララは嘆かわしげに頭を振った。「そういう契約だったのよ」

「子供は予定外だったはずなのに、二度目の妊娠のためにかなり苦労をしたみたいね」

「大変だったわ。自分があれほど子供を欲しがるとは思わなかった。彼は私に同情したし、跡継ぎの問題もあった」

「話してくれればよかったのに」

ララは悲しげに微笑した。「できなかったわ。あなたの妊娠を祝うべきだったし、実際うれしかった。だけど、羨む気持ちをどうにもできなくて」

「ララ、あなたの考えは違うみたいだけれど、私にはラウルが同情心で人生の方針を変えるような男性だとは思えないわ」

ラーラは目をしばたたいた。「そうね。でも……彼は責任感がとても強いの。家系を大事にする。十代のころの私は、恋をすれば相手も当然私を愛してくれる、と思っていた。恋愛とはそういうものだ、と。もしかしたら、今回の出来事は私のうぬぼれに対する罰かもしれないわね。どんなに努力しても……彼は私を愛してくれなかった。愛されなければ、私は生きていけない」

ラーラは悲しい言葉を絞りだし、まぶたをきつく閉じてうなだれた。

「私もよ、ラーラ」

「あなたにはベンがいてよかった」姉を抱きしめて言う。「いろいろなことがあったんだもの、あなたこそ幸せになってほしいわ。それから、ラウルもね」ラーラはこらえきれずに泣きじゃくった。

「彼に赤ん坊の話をするべきよ」

「私がそれを考えなかったと思う？」

ラウルはラーラをそのまま行かせた。きびすを返して逆方向へ歩く彼の耳に、なおも彼女の声が響く。〝愛している〟と。

すれ違う人々が恐れをなして彼に道を譲るなか、ラウルは闇雲に歩いていった。怒りが胸にたぎっていた。ラーラはルールを破った。うまくいくかもしれなかったのに……うまくいっていたのに。

そこで怒りは消えた。ラーラの目に希望の火がともり、彼の答えを待つうちにやがてそれが消えていった様子を思い返して、罪悪感に襲われた。

いかにもラーラらしい、勇敢な行為だった。彼女は希望をいだき、彼がそれを潰した。あのような発言をした彼女に腹を立て、その一方、彼女を傷つけたことに深い後悔を覚えながら、ラウルはひたすら歩き続けた。自己嫌悪と怒りが胸に渦巻いていた。

僕はラーラを去らせた。なぜだ？

彼はラーラを責めるべき理由を探した。彼女は契約に違反した。彼には与えられないものを求めた。彼のほうはそれを求めまいと努めていたのに……だが、どれも嘘だった。

ラウルは足を止めた。

真実は彼にはつらいものだった。

ラーラは勇敢だ。僕は臆病者で、自分の気持ちを認めるのが怖かった。なぜだろう？自分の感情を信じられず、何も感じないふりをするほうが楽だったからだ。

ラーラが現れるまではそれでよかった。出会ったその日から、ラーラは彼のやり方に疑問を投げかけた。彼の中で眠っていた感情を揺り起こし、激しく燃え立たせた。

かつて、彼は愛情によって破滅しそうになった。真の愛情がその救済になりえるとは、考えもしなかった。

ラーラは僕にとっての救いだったのに、僕は彼女を去らせた。

真実を認めた瞬間、ラウルは力がみなぎるのを感じた。ラーラは僕が人生をかけて愛する女性だ。彼女の足元にひざまずき、やり直しをさせてくれと頼もう。

ところが、アパートメントにラーラの姿はなかった。無機質な書き置きが残されていただけだった。

それ以降、ラウルは眠っていない。ロンドンまでの足取りはたどれたものの、そこから先は不明だった。この三日間で、彼は十歳も老けたような気がしていた。不安のあまり頭がおかしくなりそうだった。

もしここにいなかったら、次はどうすればいいのだろう？　緑豊かな通りに面した家の前に、ラウルを乗せたタクシーが止まった。

「ここですか、お客さん？」

「そうだといいんだが」

ラウルは運転手に料金を支払った。リリーの住所が変わっていたため、新しい住まいを探すのに時間がかかった。もしリリーが妹の居場所を知らなかったら、そのあとはどうしたらよいのか見当もつかない。

ラウルは呼び鈴を押した。ドアはすぐに開いた。何日もラーラと会えずに過ごしたあと、瓜二《うりふた》つの女性が突然目の前に現れ、彼はぎょっとした。

「ラーラはいるかな？」

リリーが眉根を寄せ、彼をじっと見てから答えた。「奥にいるわ」

ラウルは急いで中に入ろうとしたが、リリーが彼の胸を押さえて制した。

「聞いてちょうだい。妹は……ちょっと弱っているの。もしこれ以上彼女を傷つけるようなまねをしたら、ミスター・ディ・ヴィットーリオ、あなたを許さない」

「わかった。ラーラを傷つけたりしたら、僕だって自分を許せない」

リリーはほほ笑み、彼を中に通した。彼の背中に声をかける。「うまくやるのよ」


「捜したよ」

ラーラは息をのみ、スツールから飛び下りた。両手を胸に押し当て、彼に触れたいという気持ちを抑えこむ。彼女は小声で応じた。

「もう終わったのよ」

「最後まで聞いてくれ。自分でも気づかなかったが、君をずっと求めていたんだ。ルーシーのせいでひねくれた考え方になり、女性には何も与えられないと思いこんでいた。君と出会ったとき、僕は愚かで臆病者で……」

ラーラが口を挟もうとするのを、ラウルはかぶりを振って制した。

「真実と向き合うのが怖かった。初めて見たときから、君を愛していたよ、ラーラ」彼は深く響く声で告げた。「君こそが僕の人生だ。君がいなければ無に等しい。君を迎えに来た。君の好きなところで暮らそう。むろんこのロンドンでもかまわない。体外受精を試すか、養子を取るか、好きなようにしてくれ。本当だ。僕は……自分勝手でばかだった」

言いながら、ラウルはゆっくりとラーラに歩み寄っていったが、不意に足を止め、彼女をじっと見た。

ラーラはたまらなくなり、彼がもう一度聞きたいと望んでいる言葉を口にした。「愛しているわ、ラウル。深く愛しすぎているから、これ以上隠してはおけない。あなたが私に求めているのは跡継ぎだけだと思っていたから、どうしてもそれをあなたにあげたかった。だって、それ以外は……」

彼がラーラを引き寄せたので、それ以上は言えなかった。ラウルは彼女を抱きしめてキスをし、彼女の唇を心ゆくまで味わった。

「一人のほうが楽だ、と僕はずっと思っていた。いまはそんな自分が信じられない」ラーラの顔を両手で挟み、緑色の瞳をのぞきこむ。「君を失うかと思うと……アパートメントに戻り、君がいないとわかって……もう二度とあんなまねはしないでくれ。僕がどんな想像をしたか……」

「私もつらかったわ」ラーラは言い、深呼吸をしてから続けた。「体外受精はしないことにしたの」

ラウルの漆黒の瞳に、警戒するような光がひらめく。

「きのうわかったのよ、妊娠していると」

ラウルは喜びに顔を輝かせた。彼女にキスを浴びせ、かすれた声で告げる。「完璧だ！　今回は何も心配しなくていい」

ララは彼の口元に指を押し当てた。「あなたがそばにいれば、なんの心配もないわ」

これからの人生に何があろうと、ラウルと一緒なら、二人で乗り越えていける。

彼らの耳に、玄関のドアが開いた音はまったく届いていなかった。

リリーはあわててコートを羽織り、ベビーカーを押しながら入ってきたベンを玄関口に押し返した。

「外に出ましょう！」リリーはささやいた。

「どうして？」

「ララが取りこみ中なの」

「なんだ、まだ酔っ払っているのか？」

「ばかね、お酒じゃないわよ。愛に酔っているの！」

ハーレクイン®

ハーレクイン・ロマンス　2016年12月刊（R-3212）

秘書の報われぬ夢

2025年5月5日発行

著　　者　キム・ローレンス
訳　　者　茅野久枝（ちの　ひさえ）

発 行 人　鈴木幸辰
発 行 所　株式会社ハーパーコリンズ・ジャパン
東京都千代田区大手町 1-5-1
電話 04-2951-2000（注文）
0570-008091（読者サービス係）

印刷・製本　中央精版印刷株式会社

ISBN978-4-596-72799-2 C0297

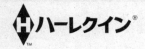

ハーレクイン・シリーズ 5月5日刊 発売中

ハーレクイン・ロマンス
愛の激しさを知る

大富豪の完璧な花嫁選び	アビー・グリーン／加納亜依 訳	R-3965
富豪と別れるまでの九カ月 《純潔のシンデレラ》	ジュリア・ジェイムズ／久保奈緒実 訳	R-3966
愛という名の足枷 《伝説の名作選》	アン・メイザー／深山　咲 訳	R-3967
秘書の報われぬ夢 《伝説の名作選》	キム・ローレンス／茅野久枝 訳	R-3968

ハーレクイン・イマージュ
ピュアな思いに満たされる

愛を宿したよるべなき聖母	エイミー・ラッタン／松島なお子 訳	I-2849
結婚代理人 《至福の名作選》	イザベル・ディックス／三好陽子 訳	I-2850

ハーレクイン・マスターピース
世界に愛された作家たち
～永久不滅の銘作コレクション～

伯爵家の呪い 《キャロル・モーティマー・コレクション》	キャロル・モーティマー／水月　遙 訳	MP-117

ハーレクイン・ヒストリカル・スペシャル
華やかなりし時代へ誘う

小さな尼僧とバイキングの恋	ルーシー・モリス／高山　恵 訳	PHS-350
仮面舞踏会は公爵と	ジョアンナ・メイトランド／江田さだえ 訳	PHS-351

ハーレクイン・プレゼンツ作家シリーズ別冊
魅惑のテーマが光る
極上セレクション

捨てられた令嬢 《ハーレクイン・ロマンス・タイムマシン》	エッシー・サマーズ／堺谷ますみ 訳	PB-408

※予告なく発売日・刊行タイトルが変更になる場合がございます。ご了承ください。

“ハーレクイン”の話題の文庫
毎月4点刊行、お手ごろ文庫！

4月刊
好評発売中！

ダイアナ・パーマー傑作選
第2弾！

『あなたにすべてを』
ダイアナ・パーマー

仕事のために、ガビーは憧れの上司J・Dと恋人のふりをすることになった。指一本触れない約束だったのに甘いキスをされて、彼女は胸の高鳴りを抑えられない。

（新書 初版：L-764）

『ばら咲く季節に』
ベティ・ニールズ

フローレンスは、フィッツギボン医師のもとで働き始める。堅物のフィッツギボンに惹かれていくが、彼はまるで無関心。ところがある日、食事に誘われて…。

（新書 初版：R-1059）

『昨日の影』
ヘレン・ビアンチン

ナタリーは実業家ライアンと電撃結婚するが、幸せは長く続かなかった。別離から3年後、父の医療費の援助を頼むと、夫は代わりに娘と、彼女の体を求めて…。

（新書 初版：R-411）

『愛のアルバム』
シャーロット・ラム

19歳の夏、突然、恋人フレーザーが親友と結婚してしまった。それから8年、親友が溺死したという悲報がニコルの元に届き、哀しい秘密がひもとかれてゆく。

（新書 初版：R-424）

※ハーレクインSP文庫は文庫コーナーでお求めください。